JOSS WOOD

Le défi d'Aisha

Traduction française de
MARGUERITE GUILLEMET

AZUR

HARLEQUIN

Collection : Azur

Titre original :
THE RULES OF THEIR RED-HOT REUNION

HARPERCOLLINS FRANCE
83-85, boulevard Vincent-Auriol, 75646 PARIS CEDEX 13
Service Lectrices — Tél. : 01 45 82 47 47 - www.harlequin.fr
ISBN 978-2-2804-8036-9 — ISSN 0993-4448

Composé et édité par HarperCollins France.
Imprimé en octobre 2022 par CPI Black Print (Barcelone)
en utilisant 100% d'électricité renouvelable.
Dépôt légal : novembre 2022.

FSC
www.fsc.org
MIXTE
Papier issu de sources responsables
FSC® C159065

Pour limiter l'empreinte environnementale de ses livres, HarperCollins France s'engage à n'utiliser que du papier fabriqué à partir de bois provenant de forêts gérées durablement et de manière responsable.

1.

En route vers le cellier, sur le chemin de pierre traversant la pelouse luxuriante, Aisha jeta un coup d'œil inquiet à l'énorme ventre de Ro Miya-Matthews. Elles venaient de quitter le manoir de St. Urban, qu'Aisha avait l'intention de transformer en hôtel haut de gamme. Enchantée que cette merveilleuse bâtisse, vieille de deux cents ans, devienne son projet principal pour au moins six mois, Aisha avait hâte de visiter les moindres recoins du domaine ; mais encore fallait-il que sa nouvelle patronne ne perde pas les eaux avant qu'elles atteignent leur destination.

— Il te reste combien de temps ? s'enquit Aisha en ralentissant le pas.

Ro grimaça.

— Huit semaines. Mais j'attends des jumeaux, des garçons, et apparemment ils sont énormes.

Elle s'arrêta au milieu du sentier et s'étira avec un soupir, les mains pressées dans le bas de son dos.

— J'ai promis à mon mari de ralentir. Tu vas pouvoir prendre les choses en main ! Je suis ravie d'avoir enfin finalisé ton contrat.

Et quel contrat ! À la signature, Aisha avait retenu de justesse une danse de la joie. Elle était l'une des dix consultantes de Lintel & Lily, une firme internationale de design, rénovation et création de boutiques-hôtels. Elle était honorée d'avoir été choisie pour prendre en charge l'ambitieux projet de Ro.

Les rénovations de la bâtisse étaient terminées. Du papier peint aux uniformes du personnel, du recrutement au plan des jardins, c'était maintenant à elle de donner vie à la vision de Ro

Miya-Matthews. Elle allait transformer St. Urban en paradis de luxe et de confort.

Et, si ce projet était un succès, elle serait officiellement en lice pour devenir directrice des opérations quand Miles Lintel, sa patronne, deviendrait P-DG de l'agence après le départ à la retraite de son célèbre père.

La promotion s'accompagnerait d'énormes responsabilités et d'une augmentation conséquente. Elle pourrait enfin acheter une maison, poser ses valises, construire les fondations du reste de sa vie. Elle avait passé presque dix ans dans des chambres d'hôtel ou des appartements loués à court terme. Maintenant, elle voulait dormir dans le même lit tous les soirs. Acheter de l'art. Cuisiner dans une cuisine qu'elle aurait conçue elle-même.

Elle en avait assez d'être une nomade professionnelle, bien payée mais sans arrêt en vadrouille. Elle continuerait de voyager, bien sûr, mais elle voulait un foyer, des amis. Connaître son quartier, aimer sa ville. Le siège de Lintel & Lily était établi en Afrique du Sud, à Johannesbourg, mais possédait aussi une succursale à Londres. Le moment venu, elle pourrait s'installer dans l'une ou l'autre ville.

Comme sa famille (ses parents et ses quatre sœurs) habitait au Cap, elle choisirait sans doute d'aller à Londres. Elle et ses proches s'entendaient beaucoup mieux lorsque dix mille kilomètres et un continent les séparaient.

— Le cottage te convient, Aisha ?

Aisha leva les yeux vers Ro. Elle n'avait pas besoin de s'inquiéter : la petite maison, nichée entre les arbres au bout du domaine, était une véritable pépite. Elle avait aussi une vue magnifique sur les montagnes de Simonsberg. Pour l'instant, le temps était encore tiède et agréable, mais l'automne arriverait bientôt et le temps était humide et froid au Cap-Occidental. Heureusement, le cottage avait une cheminée, un salon douillet équipé de couvertures, et un lit avec un édredon à plumes.

— Oui, ce sera parfait, merci.

Le portable de Ro se mit à vibrer, et celle-ci s'éloigna pour prendre l'appel. Aisha profita de cet instant de solitude pour contempler les alentours. Elles étaient arrivées au cellier sans encombre : la bâtisse de pierres blanchies possédait une charmante entrée, couronnée d'un modeste pignon, et abritait des fûts en chêne dans un sous-sol caverneux, protégé de la chaleur. Pour l'atteindre, elles avaient traversé un petit bois de grands chênes, dont les feuilles se coloraient déjà de pourpre et d'or. Le domaine de St. Urban était très grand : une petite rivière courait même entre les vignes. Cet endroit était magnifique et si romantique… Oui, décidément, les prochains mois ne seraient pas désagréables.

Aisha avait appréhendé de revenir vivre au Cap. Il y avait presque onze ans, à une ou deux semaines près, qu'elle avait quitté la ville. Elle avait rencontré Pasco plus d'une décennie plus tôt… Ils étaient divorcés depuis dix ans. Elle n'avait pas parlé à ses parents depuis cinq ans… Et elle ne se souvenait plus depuis combien de temps elle n'avait pas communiqué avec trois de ses quatre sœurs. Comme leurs parents, tous les deux professeurs d'université, les sœurs Shetty étaient brillantes… sauf elle. Aisha n'avait gardé contact qu'avec Priya, la seule de ses sœurs à l'avoir défendue, des années plus tôt. Priya avait toujours été la médiatrice dans leurs querelles de famille. Aujourd'hui, elle était surexcitée qu'Aisha soit de retour au Cap et espérait la convaincre de revenir dans le giron familial.

— Tu ne peux pas nous éviter éternellement, Aisha.

L'optimisme de Priya était admirable… Mais Aisha s'était toujours sentie à l'écart, même avant que la situation s'envenime. Elle était la plus jeune et la moins académique. À l'école, on l'avait toujours considérée comme la sœur de Hema, Isha, Priya et Reyka, mais jamais comme un individu à part entière. Ses enseignants n'avaient même jamais appris son prénom. Elle avait vécu dans l'ombre de ses aînées, aveuglée par le rayonnement de leur perfection, sans parvenir jamais à les égaler.

Elle n'était personne, à cette époque. Elle était la sœur oubliée, la fille des Shetty. Ensuite, elle était devenue la femme de Pasco. Elle avait dû passer par une violente rébellion adolescente, un mariage catastrophique, un terrible divorce, puis des années de travail pour devenir Aisha, la vraie Aisha. Aujourd'hui, elle avait une carrière, elle avait une identité. Plus jamais elle ne risquerait son indépendance, et plus jamais elle ne laisserait quiconque la faire douter d'elle-même.

Revenir au Cap était doux-amer. Elle aimait le risque, mais elle ne se réjouissait pas de replonger dans des eaux infestées de piranhas.

— Comme je te l'avais dit, nous avons organisé un appel à projets pour les paysagistes, expliqua Ro après avoir raccroché. Nous avons reçu leurs propositions et j'aimerais que nous les regardions ensemble. Il faut acquérir les plantes rapidement pour qu'elles soient installées d'ici l'ouverture.

Aisha avait du pain sur la planche avant le lancement de l'hôtel St. Urban : des employés à recruter et former, le bâtiment principal à décorer, un plan marketing à promouvoir. D'ici à ce que St. Urban ouvre ses portes, elle devait s'assurer que tout soit impeccable et en mesure de fonctionner sans encombre à long terme. Ro Miya-Matthews avait versé une coquette somme à Lintel & Lily pour faire de St. Urban l'un des rares hôtels six étoiles en Afrique.

Aisha avait déjà établi un grand hôtel près du parc national des Virunga, au Rwanda, aux Bahamas, à Goa et au Bhoutan. Même si elle n'était que le cancre de la famille, sa carrière était très respectable ; respectable pour le commun des mortels, en tout cas. Ses parents n'admiraient pas particulièrement ses exploits.

— Bien sûr, allons-y, dit-elle en continuant le tour extérieur du cellier. Est-ce que toutes les rénovations sont terminées sur le domaine ?

— Presque. Les carreleurs doivent encore finir la salle de bains de la suite 10. Le chef de chantier m'a promis qu'ils auraient terminé d'ici la fin de la semaine.

Heureusement, car Aisha accueillerait son équipe de décoration meubles dès la semaine suivante.

Elles contournèrent le cellier. Aisha remarqua avec surprise qu'un tiers du mur avait été démoli pour installer une grande baie vitrée. Pourtant, aucun chantier n'avait été mentionné dans les documents préalables qu'elle avait reçus.

— Oh. Ro ? C'est nouveau, la baie vitrée, non ?

Elle s'avança vers la structure de fer et de verre et, les mains en coupe sur la fenêtre, jeta un œil à l'intérieur. Des maçons ponçaient le magnifique sol de bois jaune.

— Qu'est-ce que tu as prévu d'installer là-dedans ?

Le visage de Ro s'éclaira d'excitation.

— C'est un projet de dernière minute !

Oh ! non…

— C'est-à-dire ?

— Je veux installer un restaurant de luxe dans le cellier. J'ai l'intention d'inviter des chefs prestigieux en résidence temporaire.

Un restaurant ? Un restaurant de luxe, qui plus est ? Ro était-elle consciente de la dose de travail nécessaire pour ouvrir un restaurant ? Pour proposer un équipement grand standing aux chefs qu'elle avait apparemment l'intention d'employer ? Aisha n'avait absolument pas pris cette option en compte, et le restaurant n'avait pas non plus été inscrit dans le budget !

— Le restaurant pourra accueillir jusqu'à 15 convives, expliquait Ro avec enthousiasme. Je veux créer une expérience culinaire inédite, innovante, dont les gens parleront pendant des mois après leur visite. Un endroit si exclusif que les clients prendront leur réservation des années à l'avance.

Aisha pinça les lèvres. C'était un cauchemar. Pour l'un de ses premiers projets en solo, elle s'était occupée de l'ouverture d'un grand restaurant à Hong Kong. Elle en gardait un souvenir infernal. Après cela, elle avait passé un accord avec Miles : elle voulait bien vendre son âme à Lintel & Lily, mais Miles devait absolument lui épargner les projets de restaurants et leurs chefs pinailleurs et narcissiques.

Le chef de Hong Kong lui avait rappelé Pasco. Comme son ex, il s'était montré arrogant et tyrannique.

Aisha inspira profondément, la gorge nouée de rancœur. Son très bref mariage (neuf mois, de leur rencontre à leur séparation, un an si l'on prenait en considération la date du divorce) n'était pas un sujet qu'elle aimait ressasser. Mais St. Urban était lové dans la vallée de Franschhoek, le village natal de Pasco. Peut-être était-ce pour cela qu'il hantait ses pensées aujourd'hui.

Elle avait toujours pris soin d'ignorer ses apparitions médiatiques. Elle n'avait pas lu d'article sur lui depuis des années. Elle savait qu'il avait un restaurant à Franschhoek, mais qu'il passait la majorité de son temps à New York, où il dirigeait plusieurs restaurants étoilés. Le jeune sous-chef qu'elle avait rencontré à Johannesbourg avait fait son chemin : son nom était sur toutes les lèvres et célébré dans tous les guides gastronomiques. Il avait construit un empire : ses restaurants, sa chaîne d'équipements culinaires du même nom et son émission télé mondialement populaire avaient fait de lui un milliardaire. Il était jeune, séduisant et charismatique ; il était considéré comme une rock star de la gastronomie. Il avait réalisé toutes ses ambitions. Si seulement il avait distillé un peu de cette énergie dans leur mariage ! S'il lui avait donné une fraction de l'attention qu'il avait réservée à sa carrière, elle ne serait peut-être pas partie en claquant la porte, le cœur en petits morceaux. Elle avait cru qu'il pourrait apaiser les blessures que sa famille lui avait infligées, mais il n'avait fait que rouvrir ses plaies. Elle s'était laissé embarquer dans un autre cercle vicieux, où le sentiment de son infériorité s'était encore aiguisé. Pour devenir elle-même, pour exister à part entière, quitter Pasco était devenu absolument nécessaire.

— Miles m'a dit que tu pouvais t'en charger, ajouta Ro. Tu auras de l'aide pour le lancement du restaurant, donc cela ne devrait pas te demander trop de travail supplémentaire.

— De l'aide ?

— Oui, j'ai un chef consultant pour l'organisation de l'espace et les équipements en cuisine. C'est un vieil ami de mon mari. Nous lui faisons entièrement confiance.

De pire en pire… L'amitié et le business faisaient rarement bon ménage. Qui était ce consultant ? Avait-il de l'expérience en matière de restaurants de luxe ? Il était impératif que le restaurant soit à la hauteur du standing de l'hôtel. Sinon, il souillerait la réputation de l'établissement entier, et tous ces millions auraient été dépensés pour rien.

Techniquement, l'idée était bonne. Ce serait une valeur ajoutée à l'hôtel, mais aussi un commerce indépendant. Néanmoins, il fallait absolument que son design rejoigne celui de l'hôtel…

— Avez-vous des plans d'architecte ? Avez-vous consulté un décorateur d'intérieur ? Je sais que Lintel & Lily a sans doute pu vous fournir de très bons contacts…

— Non, et non. Mais ne t'inquiète pas, mon consultant a énormément d'expérience. Il sait ce qu'il fait, rétorqua Ro, le menton levé, l'air têtu.

Parfait… Aisha n'était pas une adepte de l'improvisation, surtout en matière de design. Qui plus est, les chefs faisaient de très mauvais partenaires de projets. Ils n'acceptaient ni les suggestions ni les retours constructifs, et enchaînaient les caprices. Comment allait-elle gérer cette situation ?

Un écho de voix masculines s'éleva de l'autre côté de la bâtisse. Ro pivota, un sourire aux lèvres. Un homme vêtu d'un chino élégant apparut de l'autre côté du cellier. En les voyant, il se mit à courir vers elles, et embrassa Ro avec passion, une main sur son ventre rond.

— Ma chérie, tu as passé la journée debout. Tu dois souffrir le martyre. Il faut que tu te reposes.

— Ne sois pas ridicule, Muzi, je ne suis pas en sucre, dit Ro dans un sourire avant de se tourner vers Aisha. Viens, laisse-moi te présenter Aisha, notre nouvelle manager !

Aisha rit et serra l'immense main de Muzi.

— Enchantée, Muzi.

— De même, Aisha, lança-t-il avant de jeter un regard par-dessus son épaule. Ah ! Le voilà. Il a fini son appel.

Une haute silhouette apparut au coin du cellier, et le sang d'Aisha se glaça dans ses veines. Le temps sembla se suspendre. Le monde se tut. Il n'y avait que le rugissement de son cœur à ses oreilles, aussi violent qu'un train à l'approche. Non, non, non. Ce n'était pas possible !

— Aisha Shetty, je te présente Pasco Kildare, annonça Ro avec emphase.

Enfin, elle était là. Et elle était magnifique. Le cœur de Pasco rata un battement. Dix ans avaient passé, mais il la désirait toujours avec la même intensité.

Quand il reprit le sens des réalités, il se contenta de la regarder d'un air qu'il espérait impassible. Il avait plus d'expérience qu'elle, quand il s'agissait de cacher ses émotions. Aisha avait le visage le plus expressif qu'il ait jamais vu ; cela n'avait pas changé.

Elle était toujours sublime. Spectaculaire. Elle était grande, et toujours fine, avec de longues jambes fuselées qui lui mettaient l'eau à la bouche. Elle portait une robe mandarine qui suivait la courbe étroite de sa taille et s'arrêtait dix centimètres au-dessus de ses jolis genoux, dont il avait tant de fois caressé le creux, où elle était chatouilleuse.

Ses cheveux étaient plus longs. Aujourd'hui, elle les portait lâchés dans une cascade de boucles noires qui tombait jusqu'au milieu de son dos. Son visage pointu semblait tout droit sorti de ses souvenirs : elle avait les pommettes hautes, une bouche large et sensuelle, et de grands yeux noirs ourlés de longs cils.

Elle avait été très jolie à dix-neuf ans ; dix ans plus tard, elle était devenue absolument sublime. Cette femme… Cette femme avait un jour été *sa* femme. Ils avaient prêté serment, et ni l'un ni l'autre n'avait respecté leurs promesses.

Ils avaient échoué. *Il* avait échoué, et Pasco n'était pas le genre d'homme à s'attarder sur ses échecs.

Lui et Aisha avaient décidé sur une impulsion de se marier, trois semaines après leur rencontre. Il devait retourner à Johannesbourg pour commencer à travailler comme sous-chef dans une des meilleures cuisines du pays. Il ne voyait pas comment une relation longue distance aurait pu fonctionner, avec ses horaires infernaux ; elle lui avait répondu que ses parents ne la laisseraient pas quitter Le Cap pour une relation aussi récente. Sur un coup de tête, parce qu'il n'avait pas voulu la perdre, il avait proposé la solution parfaite : le mariage. À sa grande surprise, elle avait accepté. Quelques jours plus tard, ils s'étaient promis l'un à l'autre dans une petite mairie minable. Ils planaient encore, enfiévrés par leur alchimie, par l'émotion des dernières semaines, par l'adrénaline. Aisha s'était violemment disputée avec sa famille ; elle avait quitté Le Cap avec lui et emménagé dans son petit appartement à Johannesbourg. En moins d'une semaine, il avait compris que sa vie avait changé du tout au tout : il était maintenant responsable d'elle autant que de lui-même, de sa sécurité, de son bonheur. Il était son *mari* : sous contrat, comme il l'avait songé à l'époque, et tenu de lui fournir la stabilité qu'elle méritait. Un foyer et une vie décente.

De quoi le faire paniquer en silence. Il se souvenait des hauts et des bas de son enfance ; des festins et des famines. Il ne voulait qu'une chose : ne pas commettre les mêmes erreurs que son père. Ne pas faire souffrir Aisha comme son père avait fait souffrir sa mère. Couché près d'elle dans leur petit lit, dans le minuscule clapier qui leur servait d'appartement, il s'était juré d'être le bon mari que son père n'avait jamais été. Il travaillerait d'arrache-pied ; il aurait une carrière, le respect de ses pairs, et Aisha serait fière d'être sa femme. Il montrerait à son père, où qu'il soit, à quoi ressemblait le succès.

Oui, dans leur petit lit, alors qu'elle dormait sur lui, il s'était juré de tout lui donner, sauf une bonne raison de partir. Ironiquement, c'était exactement ce qu'elle avait fait.

— Bonjour, Aisha, dit-il. Ça fait un bail.

Il l'avait vue pour la dernière fois un matin d'automne, à l'aube, avant de partir au travail. À ce moment-là, il avait cru qu'ils ne se quittaient que pour quelques heures. La veille, il lui avait annoncé avec excitation qu'on lui avait offert une fonction de chef exécutif dans un nouveau restaurant luxueux à Londres. Le salaire était faramineux ; ils étaient enfin en route pour le succès. Ils avaient partagé une bouteille de champagne pendant qu'il lui parlait de ses projets. Il profiterait de cette opportunité pour se faire un réseau, trouver des investisseurs, ouvrir son propre restaurant dans quelques années. Bien sûr, elle devrait rester en Afrique du Sud pendant quelques semaines, un mois ou deux au maximum, le temps d'obtenir son visa, mais il s'occuperait de trouver un appartement à Londres et de le préparer pour son arrivée. Elle l'avait félicité, ils avaient fait l'amour, et il s'était endormi dans ses bras, euphorique. C'était sa chance, c'était le début de leur avenir. Le futur leur souriait enfin.

Et le soir suivant il avait trouvé l'appartement vide en rentrant du travail. Il avait d'abord cru qu'elle était sortie avec des amis. Il se souvenait de son inquiétude : elle ne l'avait pas prévenu et il était déjà tard. À 1 heure du matin, il faisait les cent pas. À 3 heures, il envisageait d'appeler la police. À 3 h 10, il avait trouvé sa lettre sur son oreiller…

Ses mots étaient encore gravés dans son esprit.

Félicitations pour ton nouveau travail, mais nous savons tous les deux que notre couple ne fonctionne pas. Je ne peux plus faire semblant. Londres va t'adorer, Pas.

A.

— Bonjour, Pasco, dit-elle d'une voix blanche.

Muzi les regarda tour à tour.

— Oh ! vous vous connaissez ?

Pasco ne put retenir un sourire cynique.

— Mieux que ça. Nous avons été mariés, il y a très longtemps.

— *Mariés ?* s'exclama Muzi. Vraiment ? Pourquoi je n'en ai jamais entendu parler ?

Pasco se tourna vers Aisha, qui dansait d'un pied sur l'autre. Juste après leur mariage, elle avait insisté pour qu'il attende dans la voiture pendant qu'elle annonçait la nouvelle à sa famille. Elle avait quitté leur maison avec sa grosse valise, une lourde boîte sous le bras, ses yeux sombres étincelants de souffrance. Elle n'était pas sûre que ses parents voudraient jamais la revoir, avait-elle expliqué en claquant la portière.

Ils avaient prévu de rendre visite à ses propres parents le

jour même, mais, comme Aisha était encore bouleversée, ils avaient préféré quitter Le Cap directement, sans rien dire à personne. Il n'avait pas voulu annoncer son mariage par téléphone ; il avait prévu d'en parler à sa famille quand ils passeraient à Johannesbourg, comme tous les hivers. Cependant, ils n'étaient pas venus cette année-là. Pasco avait imaginé faire son annonce à ses proches à Noël de l'année suivante, lorsqu'ils redescendraient au Cap ; ils pourraient même organiser une cérémonie à l'église et une réception. Bien sûr, à cette époque, il n'envisageait pas qu'ils puissent être séparés dès septembre, et divorcés avant décembre. Par la force des choses, son mariage était resté secret.

Avant que Pasco ne puisse répondre à Muzi, Ro s'avança vers Aisha et posa une main compatissante sur son épaule.

— Je suis navrée, Aisha, je ne savais pas que Pasco et toi vous connaissiez, dit-elle en jetant un regard noir à Pasco. J'imagine que c'est une surprise de le voir ici, à St. Urban, et de devoir travailler avec lui sur ce projet…

Il ouvrit la bouche pour répondre, mais Aisha le fit taire en levant une main impérieuse. Sa peau brune était plus pâle que d'habitude, et ses yeux, durs comme le charbon.

— Excusez-moi, Ro, je ne suis pas sûre de comprendre.

— Tu vas travailler avec Pasco pour ouvrir le restaurant, déclara Ro, visiblement mal à l'aise. C'est lui, mon chef consultant.

Aisha ferma les yeux un instant, et Pasco compta silencieusement jusqu'à dix. Elle avait toujours été incapable de garder son sang-froid ; elle allait sûrement exploser d'une minute à l'autre… Mais non. Elle rouvrit les paupières et sourit.

— Que Pasco et moi ayons été mariés il y a des années n'a aucune incidence sur mes compétences et ma capacité à mener à bien notre projet. On m'a confié le lancement de votre hôtel parce que je suis l'une des meilleures consultantes de Lintel & Lily, Ro. Une brève liaison, surtout aussi ancienne, n'affectera en aucun cas mon professionnalisme.

Muzi et Ro lâchèrent tous les deux un soupir de soulagement. Pasco ne pouvait qu'admirer sa retenue. Elle s'était redressée de toute sa hauteur, les épaules raides, et les observait tous les trois d'un air parfaitement neutre. La Aisha de son passé avait changé.

Quant à lui… Il bouillait intérieurement. Une *brève liaison* ? Elle aurait aussi bien pu le gifler !

Et Aisha souriait toujours, une main sur le bras de Ro.

— Ne vous inquiétez de rien. Retrouver un ex oublié est loin d'être un désastre !

Tant mieux pour elle, mais, lui, il ne pouvait pas travailler avec une femme qui avait dévasté sa vie et faisait encore cavaler son cœur et trembler ses mains. Il ne craignait pas l'effort, il aimait les défis, mais collaborer avec son ex-femme – une femme qui l'avait quitté –, c'était trop lui en demander. Elle avait bouleversé son existence une fois, et il s'était ensuite juré de ne plus jamais donner à quiconque le pouvoir de le faire tant souffrir.

Qui plus est, il la désirait toujours, avec une intensité si aiguë qu'elle en était palpable ; une intensité qui le terrifiait. Une autre bonne raison de ne pas travailler avec elle.

Muzi avait enlacé son épouse, un large sourire aux lèvres.

— Si tu n'as plus besoin de Ro, Aisha, je vais la ramener à la maison.

Étonnamment, Ro ne protesta pas. Peut-être était-elle plus fatiguée qu'elle ne voulait l'admettre ; ou alors elle voulait leur laisser le temps de s'entretenir en privé. Qu'en savait-il ? Il était simplement conscient qu'il avançait en terrain miné. Il ne se sentait pas prêt à faire face à Aisha, à tous les non-dits qui crépitaient entre eux. Il pivota avec le couple et se mit en marche.

— Remontons ensemble vers l'hôtel.

Mais Ro avait d'autres projets pour lui.

— Oh… J'aurais bien aimé que tu fasses visiter le restaurant à Aisha pour lui expliquer notre vision, dit-elle. Ça m'aiderait beaucoup, Pas.

Pasco jeta un coup d'œil vers sa voiture. S'il se mettait à courir, il pourrait peut-être prendre la poudre d'escampette avant que quiconque ne puisse le retenir. Il se voyait se glisser devant le volant et écraser la pédale dans un crissement de pneus. Tout plutôt que de revisiter le passé, d'exhumer des souvenirs qu'il avait pris soin d'enfouir au plus profond de lui-même.

Seulement, voilà, Ro se dandina jusqu'à lui et déposa un baiser sur sa joue… Et il ne pouvait pas dire non à une amie.

— Merci, Pasco. Je te suis si reconnaissante de ton aide.

Il croisa les bras, les dents serrées. Lorsque le couple disparut enfin au détour de la clairière, il se tourna vers Aisha. Mieux valait mettre les choses au clair dès maintenant.

— Tu es chez moi, avec *mes* amis, dans *ma* ville. Je ne veux pas travailler avec toi et je suis certain que ton agence peut te remplacer sans difficulté.

Les yeux d'Aisha étincelèrent. Elle haussa les sourcils, les narines frémissantes.

— Et c'est *mon* travail, *ma* carrière, et je n'ai pas l'intention de disparaître pour te faire plaisir. Si tu n'es pas capable de faire ce qu'on te demande, tu peux partir. J'engagerai un autre consultant. J'en connais plusieurs, et tous plus expérimentés que toi en la matière. Je n'ai pas besoin de toi.

Oui, elle avait été très claire sur ce point lorsqu'elle l'avait quitté sans autre forme de procès. Pasco se pinça l'arête du nez et inspira profondément.

— Ro est mon amie et elle m'a demandé de l'aider. Je ne veux pas la décevoir, mais je ne peux pas travailler avec toi. Si tu le souhaites, je peux parler à ton patron. Donne-moi son numéro.

— Tu te fiches de moi, pas vrai ? s'exclama-t-elle, furieuse. Pour qui tu te prends ? Je n'ai pas besoin que tu appelles mon patron, et je ne vais pas abandonner ce projet pour préserver ton petit confort. Et « mon patron » est une femme, d'ailleurs, espèce de phallocrate !

— Je voulais juste…

Pourquoi essayait-il de se justifier ? Pour l'amour du ciel !

— J'ai besoin que tu t'en ailles, Aisha. Va-t'en.

— Toi, va-t'en ! rétorqua-t-elle, les joues colorées de colère. Je préfère me faire mordre par un cobra du Cap plutôt que de travailler avec toi. C'est toi la star internationale de la gastronomie ! Tu as toujours plein de projets en cours, non ? St. Urban, c'est *ma* chance, et je ne vais pas la laisser passer.

Elle l'avait rejoint en quelques enjambées. Elle lui martela la poitrine d'un index menaçant :

— J'ai signé un contrat. Ce travail est important pour moi. Crucial pour mon avenir. Je ne te laisserai pas me mettre des bâtons dans les roues, c'est compris ?

Elle était si proche qu'il voyait les nuances brunes de ses yeux noirs, et la minuscule cicatrice sur sa lèvre supérieure. Elle avait changé de parfum… Elle portait maintenant une fragrance enivrante, quelque chose d'épicé et de sexy. Le souvenir de son adorable corps svelte le submergea. Soudain, il ne voulut qu'une chose : incliner la tête, prendre ses lèvres, l'attirer dans ses bras.

Et, s'il se laissait aller à la tentation, elle lui répondrait sans aucun doute avec une gifle bien sentie. Aisha avait toujours été plus forte qu'elle ne le paraissait, mais elle semblait s'être transformée, avec l'âge, en véritable battante. Plus dure, plus déterminée. Admirable.

Malgré sa colère, il ne pouvait résister à la fascination qu'elle faisait naître en lui. Sans percevoir la tournure de ses pensées, Aisha s'était détournée et secouait la tête.

— Je reste ici, et je vais faire mon travail. Si tu décides que tu veux continuer à aider Ro, alors tu me traiteras avec respect et professionnalisme. Je suis claire ?

Comme il ne répondit que d'un haussement de sourcils, elle laissa échapper un grognement de frustration et le planta là pour aller visiter le cellier sans son aide.

2.

Plus tard dans la matinée, de retour dans le bureau qu'on lui avait installé à St. Urban, Aisha enleva ses chaussures à talons et traversa le tapis moelleux pour se poster devant la baie vitrée. En contrebas, les vignes s'étendaient à perte de vue, colorées par l'automne. En été, elles seraient vertes et luxuriantes ; en hiver, tristement grisées par le froid. Elle savait que la société de Muzi, Clos du Cadieux, louait les vignes à Ro et que Muzi lui-même avait découvert sur ces terres un cultivar rare. St. Urban, dont Ro avait hérité de sa mère biologique, la célèbre Gia Tempest-Vane, était aussi l'endroit où Ro et Muzi étaient tombés amoureux.

C'était un endroit magnifique. Les rénovations avaient toutes été entreprises dans le respect de son histoire. Lorsque les meubles originels, sculptés à la main, reviendraient de l'atelier de restauration, la propriété renaîtrait de ses cendres. Aisha imaginait déjà la splendeur des lieux : les meubles précieux, les œuvres d'art raffinées, les employés discrets et parfaitement formés à l'hôtellerie de luxe, la musique classique qui flotterait de salle en salle… Et le tout sur un fond de merveilleux paysages, avec les vignes d'un côté, les montagnes de l'autre et le bois tout proche. Oui : elle ferait de cet endroit un paradis de bon goût et de confort. Il lui suffisait d'ignorer Pasco pendant qu'elle recréait la magie de St. Urban.

Plus facile à dire qu'à faire.

Pasco… Bien sûr, il était toujours magnifique. Ces dix ans de plus lui allaient à la perfection. Il avait pris de la carrure : il était plus sexy, plus fort. Il avait aussi l'air plus mature. Impossible de ne pas penser à ses mains expertes, à ses caresses, à ses baisers. À la façon qu'il avait toujours de la faire trembler d'un regard brûlant. Cela faisait si longtemps, et elle se souvenait de chaque détail comme s'ils s'étaient quittés la veille… Elle pouvait encore conjurer l'odeur délicieuse de sa bolognaise lorsqu'il cuisinait des spaghettis dans leur minuscule cuisine, à l'aube, au retour du travail, aux sons de la rue toute proche et dans le bourdonnement fatigué de leur ventilateur.

Elle était submergée par les images de leur mariage, des images qu'elle avait si longtemps refoulées. Leur petit appartement, leur étroit lit double. Le bureau délabré qu'ils avaient calé dans le salon, faute de place. La vaisselle abîmée, les couverts dépareillés et le canapé en cuir d'occasion que Pasco avait acheté pour une bouchée de pain dans une brocante. Le parfum de sa peau. La chaleur de son étreinte quand ils s'endormaient dans les bras l'un de l'autre. Le murmure de sa voix rauque lorsqu'il s'enfouissait en elle… Ses soupirs de plaisir…

Qu'ils aient été séparés dix minutes ou dix heures, il la retrouvait toujours avec un sourire solaire. Il posait la main sur ses reins pour l'attirer à lui et l'embrassait à perdre haleine, comme si chaque baiser était le dernier. Peut-être savait-il déjà, inconsciemment, qu'ils étaient voués à se quitter.

Pasco était amoureux de sa carrière, et elle était amoureuse du mariage. À dix-neuf ans, alors qu'elle n'avait trouvé sa place nulle part, elle avait été envoûtée par l'idée de l'épouser. Elle voulait être la femme de Pasco, être au centre de la famille qu'ils fonderaient ensemble, elle voulait continuer sa vie avec un partenaire, quelqu'un en qui elle pouvait avoir confiance, quelqu'un qui l'aimerait plus que tout.

Elle l'avait rencontré dans un bar. Son assurance innée l'avait tout de suite fascinée. Elle n'aurait jamais cru qu'il puisse la remarquer, et encore moins passer la soirée entière à bavarder avec elle. Il lui avait dit qu'il était cuisinier, mais qu'il voulait un jour ouvrir son propre restaurant, voire plusieurs. Elle avait souri, charmée par son ambition. Il savait ce qu'il voulait et il était prêt à travailler férocement pour l'obtenir ; c'était admirable, non ?

Il lui avait fallu plusieurs semaines pour comprendre que ces projets ne nécessitaient pas que de la détermination, mais aussi quatorze à seize heures de travail par jour ; au bout de six mois, elle avait compris que le milieu de la gastronomie n'était pas le seul coupable. Pasco était accro au travail et il n'avait aucune intention de ralentir, même pas pour elle.

C'était peut-être injuste. Sa carrière n'était pas leur seul problème, bien sûr. Dans leur couple, elle n'avait jamais été traitée comme une égale. Pasco n'était pas très doué dans ce domaine-là. Il voulait tout contrôler. Les finances, leur avenir, Pasco avait toujours tout prévu. Ses propres suggestions avaient été ignorées ou critiquées. Lorsqu'elle insistait, il la distrayait d'une étreinte sulfureuse, ou prétendait qu'il était trop épuisé pour continuer à débattre. Il ne voulait pas se disputer, ils en reparleraient plus tard, à tête reposée…

Elle avait fini par réaliser qu'ils étaient tous deux en chemin vers les rêves de Pasco, sur l'autoroute de Pasco, dans la voiture de Pasco, et qu'elle faisait simplement partie du voyage. Après quelques mois à ruminer ses angoisses, à se laisser convaincre encore et encore par l'amour qu'ils se portaient l'un à l'autre et par leur incroyable alchimie au lit, elle avait osé regarder la réalité en face. Quand elle avait épousé Pasco, elle avait simplement quitté une cage pour une autre. Elle n'était qu'une adolescente en manque d'affection, délaissée et invisible. Auprès de lui, elle était devenue une épouse en manque d'affection… Tout aussi délaissée, tout aussi invisible.

Aisha secoua la tête. Elle s'était perdue dans le passé, et c'était exactement ce qu'elle voulait éviter. Elle avait pris une décision importante en quittant Pasco : elle allait vivre dans le monde réel plutôt que de continuer à espérer que la vie ressemble un jour à ses rêves.

Et le monde réel, pour l'instant, exigeait qu'elle travaille avec Pasco. Ro était sa cliente, et la cliente était reine. Si Ro était heureuse, le conseil de Lintel & Lily serait heureux également. Dans une entreprise familiale, le poste de directrice des opérations était le plus élevé qu'elle pourrait atteindre dans la hiérarchie. Seule la P-DG serait au-dessus d'elle. Il était hors de question de risquer sa promotion et de manquer sa chance.

Quant à Pasco… Son arrogance était vraiment à mourir de rire. Il avait osé lui demander de quitter St. Urban pour son confort personnel ! Il ne manquait pas d'air. Dix ans plus tôt, elle s'était joyeusement inclinée devant ses caprices ; mais c'était terminé. Aujourd'hui, elle suivait son propre chemin.

Elle avait été éduquée dans une famille extrêmement passive-agressive : les Shetty évitaient le conflit à tout prix. La guerre était constante, mais uniquement verbale. Leurs commentaires moqueurs et leurs insultes mielleuses étaient leurs meilleures armes. Loin de sa famille et de Pasco, elle avait enfin appris à devenir franche et directe. À dire non. À camper sur ses positions. Pasco ne parviendrait plus à la manipuler, à la distraire, à la piéger.

Dieu merci, elle avait grandi.

Aisha se tapota le menton. La difficulté du projet St. Urban, c'étaient les relations : tous les acteurs en jeu étaient connectés. Ro était mariée au plus célèbre viticulteur du pays, dont le nom était synonyme d'excellence dans le monde entier. Muzi était aussi un ami proche des frères Tempest-Vane, les propriétaires milliardaires de plusieurs multinationales, notamment la chaîne hôtelière des Vane Hotels. Ils avaient déjà fait appel à Lintel & Lily et faisaient partie de leurs clients les plus prestigieux.

Et voilà que le meilleur ami de Muzi s'avérait être un chef mondialement reconnu… et l'ex-mari d'Aisha. Le hasard faisait très mal les choses.

Le hasard n'avait même pas eu la gentillesse de transformer Pasco en laideron… C'était si injuste : il était encore plus beau qu'avant. En dix ans, il avait gagné du muscle et de la stature. Ses épaules étaient plus larges, ses cuisses, plus puissantes, et ses bras, plus forts. Ses cheveux châtains étaient dorés par le soleil du Sud, et il portait sa barbe de deux jours avec juste ce qu'il fallait d'élégance et de décontraction. Ses beaux yeux vert sombre, eux, n'avaient pas changé. Toujours perçants, ourlés de cils bruns, ils étaient maintenant soulignés de petites rides d'expression qui ne les rendaient que plus magnétiques.

Inutile de le nier, il était terriblement sexy. Pasco était devenu la meilleure version de lui-même, si séduisant qu'une seule œillade avait suffi à embraser ses fantasmes.

Bien sûr, elle n'était pas assez stupide pour écouter ses plus basses pulsions. Elle avait passé des années à se construire, à trouver sa propre indépendance, son assurance, son individualité. Elle ne se laisserait plus jamais disparaître.

S'il décidait de rester sur ce projet, il faudrait établir des règles. Premièrement, elle voulait être son égale lors des décisions exécutives et sur la gestion de leurs prestataires. Deuxièmement, et cette règle-ci, elle devrait la garder pour elle, il était hors de question de retomber dans les bras de Pasco Kildare.

Oui. Des règles instaureraient des limites claires. Encore fallait-il convaincre Pasco, qui n'était pas du genre à obéir.

La Fontaine était le deuxième foyer de Pasco, et il adorait Mimi, la mère adoptive de Muzi ; mais ses célèbres soirées mondaines étaient un vrai calvaire. Malheureusement, il lui avait promis de venir ce soir-là, et il n'avait pas l'habitude de revenir sur ses promesses.

Il gara sa McLaren Artura (un cadeau de lui à lui-même) entre une Coccinelle vintage et une Rolls-Royce étincelante, puis pressa le front contre le volant. Il y avait huit heures qu'Aisha l'avait planté devant le futur restaurant de St. Urban. Depuis, il avait balancé entre l'envie de partir sans se retourner et la pulsion de chercher son bureau pour l'embrasser à perdre haleine. Et ensuite trouver une chambre. Trouver un lit. Il fallait qu'il cesse de penser à elle, ou il allait devenir fou.

Peut-être que les prochaines heures le distrairaient un peu. Peut-être. Pourtant, il n'avait aucune envie de sortir de la voiture et d'endosser le rôle du restaurateur à succès. Pasco Kildare, petit génie de la cuisine contemporaine, innovant, perfectionniste, réputé aux quatre coins du monde. Tout le monde le regardait avec envie. Tout le monde pensait que sa vie était idyllique.

Ils ne comprenaient pas ce qu'il avait sacrifié pour en arriver là. Ils ne savaient pas qu'il lui arrivait souvent, après une nuit d'insomnie, de se demander si tout cela en valait la peine.

Deux ans plus tôt, Luka, son premier mentor, était mort. Pasco était rentré en Afrique du Sud pour assister à son enterrement. Il se souvenait de l'éloge funèbre de sa fille – il avait été surpris d'entendre que Luka s'était demandé si ses ambitions étaient justifiées. Si, avec le recul, il aurait fait les mêmes sacrifices. Ces questions avaient fait écho à ses propres angoisses. Il avait commencé à s'interroger, lui aussi.

Le malaise n'avait fait que s'accroître quand il était rentré à Manhattan. Il n'était plus heureux dans cette ville où tout allait trop vite, où les tendances changeantes étaient reines. Sa créativité s'étiolait. Il se transformait lentement en automate. Il stagnait, personnellement et professionnellement.

Il avait songé qu'il était peut-être temps de ralentir, de revenir à l'essentiel. Il était peut-être simplement épuisé. Tant d'années à travailler comme un fou dans une industrie sans pitié auraient fatigué n'importe qui. Ou bien il s'était lassé de New York. Alors il avait vendu son prestigieux restaurant à Manhattan. Il pensait qu'une décision si drastique le soulagerait.

Il avait tort.

Il avait pris un mois de vacances. Inquiet de vivre sur son capital sans gagner d'argent, fébrile, il s'était ennuyé à mourir. Il avait commencé à regretter d'avoir vendu Pasco's. Quand Digby Tempest-Vane lui avait proposé d'ouvrir un restaurant gastronomique au Vane Hotel, il avait sauté sur l'occasion. Toujours très actif, il avait aussi sorti sa ligne d'ustensiles de cuisine. Peut-être avait-il besoin de voyager ? Soit, il avait accepté de tenir la vedette dans une série en six épisodes où il explorerait les cultures gastronomiques du monde. Il avait cru que revenir aux sources, visiter la Mongolie, le Maroc, la Réunion, comblerait le vide qui béait en lui.

Mais c'était peine perdue. Il avait tout ce qu'il avait toujours désiré, mais il sentait viscéralement qu'il lui manquait quelque chose.

Peut-être qu'il était un éternel insatisfait. Depuis son enfance, il avait toujours visé des objectifs inatteignables, dans l'espoir de ne pas devenir comme son père. Comme il était son portrait craché, leur entourage avait souvent décrété qu'il était sa copie conforme. Il ne supportait pas cette idée. C'était à cause de son père qu'il était si ambitieux, déterminé à prouver qu'il était quelqu'un.

De l'extérieur, les Kildare avaient l'air d'une famille parfaitement normale. Sa mère était médecin et Gerald était resté père au foyer. Quand Pasco était encore enfant, Gerald avait décidé de retourner travailler. Mais son père n'était pas du genre à se contenter d'un emploi à long terme, sans récompense immédiate. Comme il était aussi impatient qu'impulsif, il avait simplement cru à toutes les promesses d'argent facile dont il avait eu vent. Il s'était accroché à tous les escrocs qui avaient croisé son chemin. Il avait fomenté on ne savait combien de projets pseudo-miraculeux. Pour les financer, il avait jeté le salaire de sa femme par les fenêtres. Il avait utilisé son nom pour ouvrir plus de comptes en banque et obtenir plus de cartes de crédit. Il avait épuisé leur épargne, hypothéqué leur maison. Il les avait brinquebalés de crise en crise, de banqueroute en banqueroute. Pasco, encore gamin, avait vécu dans une sorte d'anxiété diffuse et constante, prêt à voir le monde s'écrouler du jour au lendemain.

La situation n'avait fait qu'empirer avec le temps. Gerald était devenu de plus en plus désespéré, de plus en plus irrationnel. Pasco était adolescent quand le pire était arrivé.

Il frotta son front douloureux. Son père n'était bon qu'à une chose : lui montrer tout ce qu'il ne voulait pas devenir.

Il s'était juré de n'être jamais pauvre, de fonder un foyer stable pour lui et pour tous les gens qu'il aimait. Il voulait travailler pour chaque centime gagné et ne jamais avoir de dettes. Il avait payé comptant ses maisons, ses voitures. Il n'avait emprunté que pour ses restaurants, et ces emprunts-là étaient sans risque, entièrement basés sur le revenu stable de ses établissements. Tout était sous contrôle.

C'était cela, le plus important. Le contrôle.

Il ne faisait confiance à personne. Ses décisions, dans la vie professionnelle comme dans la vie personnelle, lui appartenaient entièrement. Il avait appris des erreurs de son père. L'échec n'était jamais une option.

Quant au mariage… Il avait essayé, et il avait échoué. Il avait été fou amoureux d'Aisha, à l'époque. Quand ses parents l'avaient jetée dehors à cause de lui (elle était trop jeune, c'était trop rapide, elle devait finir ses études d'abord), il s'était promis de la protéger. Il avait tant travaillé, il avait fait tant de choix difficiles. Et quand il avait enfin touché au but, avec sa fantastique promotion, elle l'avait remercié en jetant l'éponge sur leur relation d'un message laconique.

Il avait cru qu'ils passeraient leur vie ensemble. Il avait été si naïf… Il avait appris qu'il ne pouvait pas suivre son instinct, pas en matière de relations amoureuses. Il ne ferait plus jamais confiance à quiconque de cette façon.

Il ne voulait pas travailler avec Aisha à St. Urban. Aucune chance. Hors de question. Muzi et Ro avaient de l'argent à ne plus savoir qu'en faire, ils pouvaient engager un autre chef consultant, comme Aisha l'avait suggéré. Ils n'avaient pas besoin de lui.

Un coup à la vitre de sa voiture le fit sursauter. Muzi l'attendait de l'autre côté de la portière. Pasco pressa le bouton d'ouverture de la fenêtre.

— Quoi ? lança-t-il à son vieil ami.

Muzi se pencha, calé sur le rebord.

— Alors ? Comment ça s'est passé avec Aisha ? Tout est rentré dans l'ordre ?

— Pas vraiment…

— C'est dingue, de retrouver ton ex-femme comme ça après toutes ces années. Ton ex-femme *secrète*. Que tu as apparemment cachée à ta famille et à tes *meilleurs* amis.

Pasco grimaça. D'accord, sur ce point, il lui devait des excuses.

— Ses parents ont très mal réagi en apprenant notre mariage, alors nous avions décidé de garder la nouvelle pour nous pendant quelque temps. Nous savions que tout le monde nous reprocherait d'avoir agi sur un coup de tête. Et puis ce n'était pas quelque chose dont je voulais parler au téléphone. C'était l'année d'avant mon départ pour Londres, je croulais sous le travail. J'avais l'intention de fêter notre mariage au Noël suivant, avec tous mes proches, mais nous avions déjà divorcé à ce moment-là, alors, tu vois… tu n'as rien raté. Je suis parti à Londres immédiatement après. Je préférais ne pas ruminer.

— Ça a marché ? Tu es passé à autre chose ?

Pasco baissa les yeux. Il pensait avoir laissé son mariage derrière lui. Mais en revoyant Aisha aujourd'hui, si assurée, si belle… Non, décidément, il n'aimait pas du tout les émotions qu'elle évoquait en lui.

Muzi se redressa, les bras croisés.

— Je pensais que nous n'avions aucun secret l'un pour l'autre, Kildare. C'est loin d'être idéal, j'en ai conscience, mais Ro a besoin de toi pour le restaurant. Elle est stressée, elle travaille trop. Moi et les médecins essayons de lui faire lâcher prise, mais elle ne nous écoutera jamais si elle n'est pas certaine que toi et Aisha saurez travailler en harmonie. Elle est trop investie dans ce projet. Si elle doit remplacer l'un de vous, c'est plusieurs semaines de recherches à prévoir. Je veux à tout prix lui épargner ça, Pasco. Aisha a l'air de vouloir rester. J'aimerais que tu fasses de même.

Oh ! non…

— Muzi… Je connais au moins trois chefs qui sauteraient sur l'occasion d'aider Ro à ouvrir un pop-up à St. Urban.

Muzi se pencha de nouveau à la fenêtre, mais cette fois ses yeux jetaient des éclairs.

— N'y songe même pas, Kildare, siffla-t-il. Tu as promis à Ro ton aide et ton expertise, et elle compte sur toi. *Je* compte sur toi. Tu m'as déjà blessé en me cachant ton mariage secret. Je te conseille de ne pas décevoir ma femme alors qu'elle est stressée et enceinte de jumeaux.

Pfff… Muzi le connaissait par cœur et il visait toujours droit dans le mille. Pasco lui jeta un regard noir.

— Très bien. Excuse-moi auprès de Mimi. J'ai quelque chose à faire.

Muzi sourit et toqua sur le toit de la voiture.

— Je m'en occupe. Et dis à Aisha que j'ai été enchanté de la rencontrer, tout à l'heure.

Oui, Muzi savait comment le convaincre. Pasco ne brisait jamais ses promesses. C'était la seule raison pour laquelle il retournait à St. Urban pour parler à Aisha : trouver un terrain d'entente et ne pas décevoir Ro. Ce n'était pas parce que ses veines brûlaient pour Aisha. Ni parce qu'il voulait la revoir, entendre sa voix, sentir son parfum. Apprendre à la connaître de nouveau.

Non. Rien de tout cela.

3.

Toujours furieuse contre Pasco et après une journée riche en émotions, Aisha avait décidé d'aller manger une pizza au Cap avec Priya. Il valait mieux sortir que de ruminer dans son nouveau cottage.

Elle grimpa dans la voiture en jetant sa veste sur la banquette arrière. Elle avait besoin du GPS pour trouver la maison de Priya : même si elle appelait souvent sa sœur, elles ne s'étaient pas vues depuis cinq ans. Se retrouver avait été difficile, avec ses voyages constants et la vie mouvementée de Priya. Sa sœur avait deux enfants en bas âge, un mari et, en tant que pédiatre réputée au Cap, des horaires très exigeants.

Néanmoins, Aisha et Priya avaient toujours été proches. Priya ne l'avait jamais rabaissée. Elle ne lui avait jamais offert des cadeaux de Noël destinés à souligner ses échecs – des livres de développement personnel, des classiques qu'elle n'avait pas lus, des abonnements à la salle de sport. C'était Priya qu'Aisha appelait en secret quand elle avait besoin qu'on vienne la chercher en pleine nuit, pendant sa crise d'adolescence ; Priya qui l'avait défendue lorsque les moqueries de ses sœurs allaient trop loin ; Priya qui lui avait réexpliqué les fractions complexes plusieurs fois sans la traiter d'idiote quand elle ne suivait pas en maths.

Et quand elle avait coupé les ponts avec sa famille, cinq ans plus tôt, c'était Priya qui avait gardé contact.

Elle avait hâte de la revoir, de rencontrer son mari, de jouer avec ses enfants. Grâce à Priya, elle n'était pas seule au monde, et elle lui en était profondément reconnaissante.

Aisha descendit l'allée bordée de grands arbres, mais,

lorsqu'elle arriva au pont qui traversait la petite rivière, des lumières de phares attirèrent son attention. St. Urban était une propriété privée : personne n'était censé visiter le domaine à cette heure-ci. Un peu inquiète, elle se gara sur le bas-côté et verrouilla la portière. De l'autre côté du pont, l'autre voiture s'arrêta à son tour. La portière coulissa vers le haut (grand luxe !), et Aisha poussa un soupir las en reconnaissant la silhouette haute de Pasco qui s'extirpait du siège avant.

Évidemment. Précisément la personne qu'elle n'avait pas envie de voir. Aisha laissa tomber sa tête contre le dossier. Bien sûr, elle savait qu'elle ne pourrait pas éviter Pasco pour toujours, mais elle avait espéré pouvoir se préparer mentalement avant de recroiser son chemin. Reprendre le contrôle de ses émotions. Personne, avant ou après lui, ne parvenait à l'affecter comme lui. Il l'avait toujours rendue folle, de rage, de chagrin, de désir, de frustration, de passion et de tendresse. Aujourd'hui… surtout de rage.

Pasco s'arrêta au milieu du pont, les mains dans les poches. Il portait un pantalon noir, des baskets de luxe et un pull en cachemire crème. Il avait retroussé ses manches sur ses avant-bras musclés. Il était sexy, élégant… et il avait l'air très mécontent de la voir.

Elle se souvenait de l'époque où son regard brillait de chaleur et d'amour quand il le posait sur elle. Il l'accueillait d'un baiser haletant, puis lui offrait toujours le plus beau des sourires, un sourire qui disait « je suis tellement heureux d'être avec toi ». Les choses avaient bien changé.

Elle ne pouvait pas l'ignorer : sa voiture bloquait la route. Il attendait qu'elle le rejoigne. Oh ! Elle voulait simplement aller chez sa sœur, prendre de ses nouvelles, commander une pizza, boire du vin, se détendre. Il n'y avait plus qu'à sortir de la voiture et monter sur le ring pour une deuxième confrontation.

Avec un soupir, elle attrapa sa veste et ouvrit la portière. La température avait chuté. Le soleil couchant ourlait Pasco d'un halo pourpre et or.

— Qu'est-ce que ça fait de devoir bloquer la route pour

qu'une femme accepte de te parler, Kildare ? lança-t-elle avec un demi-sourire.

— N'exagérons rien. J'étais en chemin, tu pars, et nous pouvons aussi bien discuter ici qu'à St. Urban.

Bien sûr. Il ne se posait pas la question de savoir si les circonstances lui convenaient, à elle.

— Pas vraiment, non, rétorqua-t-elle. Je suis attendue.

Elle avait déjà pivoté pour retourner à sa voiture. L'époque où elle obéissait docilement aux caprices de Pasco était révolue, et il allait vite le comprendre.

— Tu as un rendez-vous ?

La pointe de jalousie qu'elle décelait dans sa voix grave fit courir, à son grand dam, un frisson d'excitation sur son échine. *Non, Aisha. Ne te retourne pas. Pas tout de suite.* Elle compta d'abord jusqu'à 10, puis jusqu'à 20. Lorsqu'elle pivota à nouveau, les yeux verts de Pasco l'attendaient.

— Oui, prétendit-elle sans hésiter.

La mâchoire de Pasco se crispa. Un hibou hulula dans les arbres. Il leva les yeux vers le bruit. Il observait toujours la canopée lorsqu'il reprit la parole :

— Dommage, il patientera. J'ai décidé de rester pour aider Ro à ouvrir le restaurant, et j'envisage aussi d'accepter son invitation à prendre le poste de chef invité pour les trois premiers mois après son lancement. Je t'enverrai la liste des caractéristiques techniques pour l'équipement nécessaire en cuisine, la description du décor que j'envisage et de l'organisation de l'espace.

Et voilà. La tyrannie commençait déjà. Pensait-il vraiment qu'elle allait le laisser mener la danse sans prendre en compte son opinion, alors qu'elle était chargée du projet ?

— Ça ne va pas être possible, Pasco.

— Et pourquoi ?

— Je ne suis pas ta bonniche. Je n'ai aucun ordre à recevoir de toi. J'espère convaincre Ro de choisir un autre chef consultant.

Le regard de Pasco la heurta de plein fouet, étincelant d'agacement.

— Je t'interdis de faire une chose pareille.

Non mais, pour qui se prenait-il ?

— Tu m'*interdis* ? Reviens sur terre, Pasco. Tu n'es pas mon patron !

— Ro est déjà stressée. Ce n'est pas bon pour elle ou pour les jumeaux. Si elle apprend que nous ne pouvons pas travailler ensemble, elle va se remettre au travail et Muzi va m'arracher la tête.

— Je me fiche de ce qui peut bien arriver à ta tête.

— Mais tu ne te fiches pas du bien-être de Ro, n'est-ce pas ?

Ah, touché. Aisha devait l'admettre, Ro lui était sympathique, et elle ne voulait pas lui compliquer la vie ou rendre sa grossesse plus difficile.

— Écoute, j'ai encore moins envie de travailler avec toi que toi avec moi, reprit Pasco. Mais Muzi est mon meilleur ami, et je tiens beaucoup à Ro. Par principe, j'évite de décevoir les gens que j'aime.

Aisha laissa échapper un ricanement amer.

— Les choses ont bien changé depuis notre mariage, alors !

Elle regretta instantanément sa réaction. C'était la meilleure façon de lui prouver qu'elle souffrait encore de leur séparation. Oh ! c'était il y a si longtemps. Quand s'en remettrait-elle ?

— Pardon ? s'exclama-t-il. C'est toi qui m'as quitté !

— Non, c'est toi qui m'as laissée partir !

Comment Pasco parvenait-il toujours à lui faire perdre son sang-froid ? Avec lui, les mots s'échappaient sans qu'elle puisse les retenir. Elle avait été éduquée dans une maison où l'on ne criait jamais. Au travail, elle était d'une patience d'ange. Mais la présence de Pasco suffisait à la faire bouillir. Comment allaient-ils pouvoir travailler ensemble s'ils passaient leur temps à se tirer dans les pattes ou, pire, à s'insulter ouvertement ?

Aisha croisa frileusement les bras et leva les yeux vers les étoiles. Une nuit magnifique était tombée sur le bois.

Elle comprenait la colère de Pasco, il fallait bien l'admettre. Elle était partie sans crier gare. Elle n'avait laissé derrière elle qu'une petite note qui n'expliquait pas grand-chose. Si les rôles avaient été inversés, elle aussi lui en voudrait toujours.

À l'époque, elle avait eu trop peur de se laisser convaincre pour tenter de s'expliquer en face à face. Si elle lui avait parlé de ses angoisses, de ses sentiments, si elle lui avait dit qu'il ne la *voyait* pas, il l'aurait persuadée de rester. Il l'aurait embrassée, charmée, rassurée. Elle n'était jamais parvenue à exprimer correctement son insatisfaction, parce qu'il évitait adroitement les conversations désagréables et résolvait les tensions en la distrayant de ses idées noires. Et, les rares fois où elle avait clairement demandé à passer plus de temps avec lui, il n'avait fait aucun effort pour rectifier la situation.

Elle n'était pas particulièrement fière d'être partie sans demander son reste, mais le passé était le passé, et elle ne pouvait plus le changer. Le présent, en revanche, était encore entre ses mains. Aujourd'hui, elle jouait gros.

Calme-toi, Shetty, et réfléchis !

Si Aisha exigeait que Ro fasse un choix entre eux deux, elle perdrait sûrement sa place : Pasco était l'ami de son mari, et Pasco et Ro semblaient proches. Si elle-même voulait continuer à St. Urban, elle allait supporter l'insupportable.

Pasco. Pasco était insupportable.

Insupportablement… sexy.

Aisha balaya cette pensée parasite et inspira profondément. C'était simple. Elle avait déjà fait une promesse à Ro, de toute façon. Elle allait traiter Pasco comme n'importe quel consultant.

— Pour travailler ensemble, nous avons besoin de règles claires.

— De règles ? répéta Pasco, railleur.

Elle le foudroya du regard.

— Oui, je sais, tu es une superstar et tu penses que tu es au-dessus de ça, mais établir un cadre est impératif si nous voulons collaborer sainement.

— D'accord. Nous n'avons besoin que d'une règle. Fais ce que je veux, quand je veux, et tout ira bien.

Elle espérait vraiment qu'il plaisantait. Sinon, il allait vite déchanter. Elle releva le menton. Si elle montrait la moindre faiblesse, Pasco ne ferait qu'une bouchée d'elle.

— Tu sais que ça se soigne, la folie des grandeurs ? Je connais un bon psychologue, si tu veux.

— Ta répartie s'est aiguisée avec l'âge, Aisha Kildare.

— Shetty. Aisha Shetty. J'ai repris mon nom.

Un sourire moqueur courba les lèvres sensuelles de Pasco. Il enfouit ses mains dans ses poches, les sourcils levés.

— Pourquoi es-tu revenue ici, Aisha ?

— Qu'est-ce que tu veux dire ?

— Tu as fait des recherches, c'est ça ? Mon amitié avec les Miya-Matthews est de notoriété publique. Tu t'es proposée pour le poste de St. Urban pour revenir dans ma vie, c'est ça ?

Aisha pouffa, incrédule. Mais il avait l'air sérieux, en plus ! Elle secoua la tête.

— Pourquoi aurais-je fait une chose pareille, Pasco ?

— Il y a dix ans, tu m'as quitté parce que j'étais un petit sous-chef de rien du tout et que je ne pouvais pas te donner la vie que je t'avais promise. Mais je suis riche, maintenant. J'ai beaucoup de contacts dans le secteur hôtelier. Je connais bien les Tempest-Vane et d'autres grands noms partout dans le monde. Redevenir ma compagne t'ouvrirait beaucoup de portes.

Pensait-il vraiment qu'elle l'avait quitté à cause de leur petit appartement et de leur budget limité ? C'était complètement stupide ! Pour un peu d'attention et un peu de temps passé ensemble, elle aurait vécu n'importe où avec lui. Elle ouvrit la bouche pour répliquer, mais la referma aussitôt. Elle ne lui devait pas d'explications. C'était bien trop tard.

— Donc, selon toi, je serais descendue au Cap pour te séduire et mettre la main sur ton argent et ton réseau..., dit-elle, faussement songeuse. Intéressante théorie.

La colère bouillait en elle, mais le dédain et la dérision étaient de bien meilleures armes contre un homme comme Pasco. Elle lui décocha un sourire froid.

— Oui, Pasco, ajouta-t-elle d'un ton suintant de pitié. Je suis revenue pour toi, juste pour toi. Pas parce que je suis l'une des meilleures employées de Lintel & Lily. D'ailleurs, j'ai obtenu mon master et passé toutes ces années à établir des hôtels aux quatre coins du monde dans l'unique but de te charmer. Pendant dix ans, j'ai fomenté un plan machiavélique qui me ramènerait un jour au Cap pour croiser ton chemin.

Elle lui tapota gentiment le bras, exaltée de voir son expression s'assombrir et ses pommettes rosir de honte.

— Tu es si intelligent, Kildare. Tu as vu clair dans mon jeu ! Comment ai-je pu survivre si longtemps sans toi et tes considérations niaises ?

En réponse, elle s'attendait à un mouvement de colère ou une riposte empoisonnée, ou même, s'ils entraient dans une autre dimension, à de plates excuses…

Mais pas à cela. Certainement pas à cela.

En une enjambée, il avala la distance qui les séparait encore. Il était si proche qu'elle sentait la chaleur de son corps. La cicatrice infime qui striait son sourcil n'avait pas changé, ni la tache de naissance qui ornait sa tempe. Les lumières de sa voiture éclairaient son visage ; des reflets d'or et de miel égayaient sa barbe naissante ; des paillettes émeraude nuançaient le vert profond de ses prunelles, cette même couleur magique qu'avait le varech sur la côte Atlantique.

Et, dans son regard, elle trouva la même passion que celle qui bouillait en elle.

Une part d'elle-même voulait partir en courant avant de succomber à la tentation. Mais elle était figée, toute proche, et son corps brûlait de le toucher de nouveau, de retrouver la saveur de sa bouche, la douceur de ses cheveux…

Impossible, impossible de faire machine arrière. Elle allait le regretter, mais…

Il ouvrit la bouche pour parler, mais se ravisa aussitôt. Au lieu de chercher leurs mots, ils baissèrent les armes à l'unisson et s'agrippèrent l'un l'autre dans un baiser brûlant, frustré, un baiser d'attaque et de capitulation mêlées.

Il avait un goût familier, venu de ses plus beaux souvenirs. Leurs langues se trouvèrent, et là, dans ses bras, elle était de nouveau dans leur petit appartement, à dix-neuf ans, folle amoureuse, avide de lui. Les mains d'Aisha glissèrent le long de son dos musclé jusqu'à la courbe de sa nuque ; un soupir lui échappa lorsqu'elle plongea ses doigts dans ses cheveux.

Pasco embrassait comme un dieu : un mélange d'assurance, de compétence et de désir urgent. Personne, ni avant ni après, n'avait évoqué une fraction de ce qu'elle ressentait avec lui… Elle se sentait souple, languide, et pourtant exaltée, enivrée.

Elle adorait… Non ! Elle *détestait* se laisser aller ainsi.

Elle s'arracha brutalement à leur étreinte et le poussa en arrière. Elle avait besoin d'espace ; il était trop magnétique, et elle ne pouvait pas réfléchir s'il restait aussi près. Qu'est-ce qui lui prenait ? Il s'était comporté comme un vrai goujat ! Et pourtant elle le voulait de tout son être. Décidément, rien n'avait changé depuis dix ans.

Et, lorsqu'elle releva la tête, un éclat de triomphe dansait dans les yeux de Pasco.

— Tu me veux toujours, remarqua-t-il d'un ton on ne peut plus arrogant.

Quel insupportable frimeur ! Elle ouvrit la bouche, prête à le remettre à sa place d'une remarque cinglante, mais l'arc circonspect de son sourcil l'arrêta net. Il s'attendait à ce qu'elle perde son sang-froid. Non, pire : il la provoquait ouvertement. Il voulait qu'elle se ridiculise. Pas question de lui donner cette satisfaction. Il fallait bien que l'un d'entre eux se comporte comme un adulte.

Elle se redressa et soutint son regard.

— Tu sais, je ne t'ai jamais connu aussi odieux. Si c'est la personne que tu es aujourd'hui, j'en ai assez vu. Quoi qu'il en soit…

— Je n'ai fait que répondre à tes insultes !

Elle ignora son interruption et laissa planer un bref silence avant de reprendre :

— Écoute-moi, Kildare. Quoi que tu dises, quoi que tu fasses, je travaillerai avec Ro. Je veux participer à l'ouverture de St. Urban et en faire le plus bel hôtel du pays. Si Ro veut un restaurant huppé sur le domaine, c'est ce qu'elle aura, avec ou sans ta coopération. Nous étions inégaux dans notre relation, il y a dix ans, mais je ne suis plus la jeune fille timide et docile que j'étais. Tu ne me persuaderas pas de t'obéir. Soyons clairs sur ce point. Si tu veux m'attaquer, je te le rendrai au centuple.

Elle tremblait, maintenant, mais elle espérait que Pasco était trop en colère pour le remarquer. Elle inspira profondément et tourna les talons. Sans se retourner, elle grimpa dans sa voiture, claqua la portière, fit demi-tour et repartit vers son cottage.

La journée avait été longue. Elle irait voir sa sœur un autre jour. Un jour où elle n'aurait pas retrouvé, embrassé et sermonné le seul homme qu'elle ait jamais aimé.

Pasco devait des excuses à Aisha.

Il s'était comporté comme un mufle la veille. Il se sentait complètement stupide. Elle avait eu raison de lui jeter la pierre. Il s'était montré arrogant pour dissimuler son trouble, et il avait atteint le summum de l'imbécillité quand il avait suggéré qu'elle était revenue au Cap pour lui. Pire encore, une petite partie de lui avait espéré qu'il avait raison sur ce point…

Vêtu d'un vieux jean et de ses bottes les plus confortables, il remonta la route qui menait à St. Urban à travers la forêt. Les arbres s'étaient parés de leurs plus belles couleurs, pourpre, or et bronze, et leurs feuilles dansaient doucement dans la brise. Son propre terrain, où se trouvait une maison qu'il avait achetée quand il avait vendu son restaurant à New York, avait un jour fait partie du domaine de St. Urban et jouxtait la propriété de Ro à l'est. Sa maison n'était pas très loin du cottage où Aisha était installée. Plutôt que de faire le tour et de marcher quarante-cinq minutes, il aurait pu sauter une ou deux haies, traverser le paddock et rejoindre son jardin par les vignes en dix minutes. Mais la promenade lui donnait le temps de réfléchir. Il en avait bien besoin, s'il voulait trouver les mots adéquats et ne pas se ridiculiser encore une fois.

Une fois chez lui, la veille, il s'était installé devant son ordinateur. Il n'avait jamais cherché le nom d'Aisha sur Internet, non, pas une seule fois depuis leur divorce. Il ne voulait pas se torturer. Hier soir, pour la première fois, il avait tapé « Aisha Kildare » dans le moteur de recherche. Il n'avait compris son erreur qu'en voyant la rareté des résultats. Le cœur battant, il avait ensuite utilisé son nom de jeune fille. Pour Aisha *Shetty*, il avait trouvé des photos, des louanges sur son travail de consultante, et même un article d'un site spécialisé la décrivant comme une visionnaire du secteur hôtelier. D'autres articles aussi, dont elle était l'autrice, cette fois, publiés dans un journal économique. Sur le site de Lintel & Lily, il cliqua sur sa photo, dans la section « Rencontrez notre équipe », et lut sa description et un bref résumé de son expérience. Elle avait effectivement obtenu son master professionnel avec les félicitations du jury. Elle avait lancé des hôtels aux quatre coins du monde, dans des villes parfois surprenantes et inhospitalières. Elle était régulièrement complimentée sur son pragmatisme, son efficacité, son self-control. Elle était rapide, ingénieuse, originale. Ses clients se confondaient en compliments sur les réseaux.

Bref, si l'on voulait lancer un hôtel avec succès, Aisha Shetty était l'une des vedettes du secteur. Ro avait choisi la meilleure candidate, évidemment. Et lui, comme un imbécile, dans l'espoir de prendre le dessus dans leur confrontation, avait mis en doute ses capacités.

Il remonta ses lunettes de soleil dans ses cheveux et frotta son visage épuisé. Il ne dormait jamais très bien, mais cette nuit l'insomnie l'avait tourmenté jusqu'à l'aube. Il s'était avachi devant son écran plasma et avait regardé des vieilles rediffusions de rugby sans les voir, l'esprit focalisé sur leur baiser. Aisha… Ils avaient toujours partagé une alchimie incroyable, mais ce baiser avait dépassé ses souvenirs les plus sensuels. Son corps svelte s'était imbriqué avec le sien comme si elle avait été faite pour lui. Son parfum s'était gravé dans son esprit. Sa bouche, bon Dieu, sa bouche… Sa saveur… Aisha l'avait frappé comme un électrochoc. Son désir pour elle était tellurique. Radioactif. Il brûlait de la connaître de nouveau.

Pasco envoya valser une volée de gravillons d'un petit coup de pied. Passer la nuit avec Aisha était une très, très mauvaise idée. Leur mariage avait échoué. Pourquoi remuer le passé et refaire les mêmes erreurs ? Non. Ce serait un désastre.

Un désastre… Et il la voulait quand même à mourir.

Impulsivement, Pasco vira à gauche, vers le cellier. Arrivé derrière la bâtisse, il poussa la porte et s'arrêta sur le parquet remis à neuf, entre les murs encore nus. Il sourit, transporté par la vue sublime de la baie vitrée.

Ici…

Ici, il pouvait faire quelque chose d'extraordinaire. Un restaurant comme celui-ci était son rêve secret, son désir le plus profond. Une petite salle pour laquelle il cuisinerait presque tout seul. Peut-être pourrait-il faire pousser ses propres produits sur l'immense domaine, dans ses vergers, ses potagers. Les cueillir de ses mains au petit matin. Concentrer ses efforts sur le menu. Profiter de chaque plat, de chaque soir. Cuisiner une nourriture extraordinaire, dans un environnement sans pression, sans critiques, sans paillettes.

Dans un monde parfait, dans une réalité alternative, il aurait abandonné les établissements de la jet-set, la télé, le rôle du chef-célébrité. Il prendrait le temps de lire, d'écrire un livre, de monter une serre où il pourrait déambuler à toute heure. Il élèverait des poules et des chèvres, il ferait son propre fromage. Il arrêterait enfin cette course aux projets qui n'en finissait pas. Il aurait une petite équipe. Il se dépasserait sans cesse, mais créativement, pas économiquement. Il satisferait ses standards d'excellence. Il se focaliserait sur son art.

Il était juste… fatigué.

Cependant, chaque fois qu'il envisageait de fermer ses restaurants et d'abandonner sa vie effrénée, un étau tombait sur son cœur. Il avait connu la destitution. Il savait ce que c'était, de voir sa vie bouleversée en un clin d'œil. Vivre une existence simple, libre de toute pression extérieure… c'était une belle idée, mais seulement un mirage. Il avait besoin de sécurité financière, pour lui et pour les siens. Il avait besoin de mener toujours plusieurs projets de front, pour le cas où l'un d'entre eux viendrait à sombrer. L'attention, les récompenses, la gratification le distanciaient de son père. Il n'était pas comme lui. Il travaillait d'arrache-pied. Il se protégeait de l'échec.

Bien sûr, il avait de l'argent à ne plus savoir qu'en faire, mais il *savait* qu'un faux pas pouvait suffire à ruiner un homme et faire sombrer un empire. Voilà pourquoi il avait un plan de secours pour le plan de secours de son plan de secours ; voilà pourquoi il avait des économies sur plusieurs comptes différents, pourquoi il s'était diversifié. Il ne se laisserait pas prendre au dépourvu.

Quant à avoir un petit restaurant et vivre sereinement… C'était un fantasme stupide. Et Pasco était tout sauf stupide. Il allait satisfaire cette envie éphémère en aidant Ro à ouvrir son pop-up, et il allait sûrement s'en lasser au bout d'un ou deux mois. Ce serait suffisant.

Il tourna les talons et reprit le chemin du cottage d'Aisha.

Il avait l'estomac noué. Il était rare qu'il soit nerveux, ces temps-ci. Mais à l'idée de passer du temps avec son ex-femme, si féroce, si séduisante, il avait le cœur qui battait à tout rompre.

Il poussa un soupir. Décidément, il jouait avec le feu.

4.

Après son jogging dans le beau verger doré par les prémices de l'automne, Aisha sauta sous la douche puis enfila ses vêtements les plus confortables. Elle avait l'intention de rester au cottage pour travailler, aujourd'hui : la pièce à vivre, avec sa cuisine américaine et sa grande table à manger, était l'espace parfait pour installer un bureau de fortune. Elle avait du café, elle avait fait les courses à Franschhoek la veille ; bref, elle était fin prête pour un week-end productif.

Mais d'abord elle avait besoin d'un peu de soleil. Elle sortit sur la minuscule terrasse, son café à la main, et s'installa sur le petit muret qui la séparait du parc. Elle ferma les yeux et inspira profondément. La lavande et le thym parfumaient l'air. Au loin, elle décelait le ronronnement indolent des tracteurs. C'était un matin parfait ; clair, ensoleillé et frais. À l'horizon, la montagne de Simonsberg était baignée de soleil. Elle ressemblait à une dent de dragon, escarpée et crevassée. Aisha avait lu quelque part qu'il était possible d'y pratiquer l'escalade ou de l'explorer en randonnée. Peut-être en aurait-elle l'occasion, pendant les prochaines semaines.

« Il y a dix ans, tu m'as quitté parce que j'étais un petit sous-chef de rien du tout et que je ne pouvais pas te donner la vie que je t'avais promise »…

La voix de Pasco la hantait toujours. Croyait-il vraiment qu'elle était partie à cause de l'argent ? C'était bien la dernière chose qui l'intéressait. Leur niveau de vie ne lui avait jamais pesé. Comme ses parents ne voulaient plus la voir, son oncle Dominic avait proposé de payer ses cours en ligne, et elle avait travaillé comme serveuse dans le bistro en bas de la rue pour arrondir leurs fins de mois. Ils n'étaient pas riches, d'accord, mais ils gagnaient suffisamment pour bien vivre.

— C'est magnifique, pas vrai ?

Elle sursauta, arrachée à ses souvenirs. Elle n'était pas surprise qu'il lui rende visite – Pasco n'était pas du genre à laisser une dispute en suspens –, mais elle ne s'était pas attendue à le voir si tôt, ni dans cette tenue. Il portait un vieux jean élimé et des bottes boueuses. Même son pull, qui soulignait la largeur de ses épaules, avait la couleur passée des vêtements portés souvent.

Ah, mais le diable était dans les détails. Sa montre était une Patek Philippe, une édition limitée. Elle ne reconnaissait pas la marque de ses lunettes de soleil aviateurs, mais le design était luxueux, et la monture, clairement coûteuse. Ses cheveux étaient expertement coupés. Son eau de Cologne, dansant dans la brise, lui rappelait l'enivrant effluve de la mer ; et elle n'était pas dupe, une mixture aussi parfaite devait coûter une fortune.

Oui, dans ses vêtements décontractés, Pasco semblait accessible, mais il restait un homme puissant qui, si elle lui en donnait l'occasion, tenterait de la mener à la baguette.

— Qu'est-ce que tu veux, Kildare ?

Une étincelle dansa dans ses yeux verts, juste un instant. Il enfonça ses mains dans les poches de son Levi's. Elle le voyait sur son visage : il la désirait autant qu'elle le désirait. Seulement, voilà, s'il pensait qu'il suffisait de l'embrasser pour la faire tomber en pâmoison…

— Je suis venu m'excuser.

Oh ?

— Ce que je t'ai dit hier, c'était… complètement déplacé. J'étais en colère et je me suis laissé emporter. Je sais bien que tu es un petit génie dans ton domaine. Je n'aurais pas dû insulter ton travail. Je suis désolé.

Aisha resta bouche bée. Le Pasco qu'elle connaissait aurait préféré brûler un steak de wagyu plutôt que de demander pardon. Troublée, elle cacha sa surprise derrière une gorgée de café. Elle avait besoin d'une seconde pour reprendre ses esprits et trouver une réponse adéquate ; elle s'était attendue à une dispute, pas à des excuses sincères.

— Merci…, dit-elle enfin.

Il baissa les yeux sur sa tasse. Elle poussa un soupir.

— Tu veux un café ?

— Avec plaisir.

Il la suivit dans la cuisine. Pendant que le café chauffait, elle se tourna vers lui, appuyée contre le comptoir.

— Je n'ai pas entendu de voiture. Comment tu es venu ?

— À pied, dit-il en s'arrêtant devant la table à manger.

Son regard parcourut les dossiers multicolores, et il inclina la tête pour en lire les étiquettes.

— Je suis propriétaire du terrain voisin. Ton cottage est à dix minutes de ma porte d'entrée, environ, mais j'ai fait le grand tour et je suis passé par l'entrée de St. Urban.

Il tira une chaise et s'assit ; elle lui tourna le dos et feignit de se concentrer sur la machine à café. Elle faisait de son mieux pour rester de marbre, mais l'annonce de sa proximité géographique ne lui facilitait pas la tâche.

— Je suis né à Franschhoek. Il fallait bien que j'achète une maison par ici.

— Ça fait de la route jusqu'à Pasco's tous les matins, répondit Aisha en posant une tasse devant lui.

Elle l'avait fait noir, intense, comme il le buvait à l'époque. Il glissa les mains autour du mug et prit une gorgée, les yeux fermés. Sa bouche s'incurva en un léger sourire ; il laissa échapper un soupir de contentement.

— Tu bois toujours de l'Yrgacheffe d'Éthiopie.

Elle sourit et haussa les épaules. Ils n'avaient pas fait beaucoup de folies, à l'époque, mais certaines choses étaient sacrées, avait décrété Pasco. Ils avaient toujours mis le prix pour du très bon café, du très bon vin sud-africain, et l'excellence en matière d'huile d'olive.

— Un chef célèbre m'a rendue accro. J'ai beaucoup souffert quand mon budget d'étudiante ne me permettait plus d'en acheter, donc j'ai repris les bonnes habitudes dès que j'ai gagné mon premier salaire.

— Hmm. Un homme intelligent, ce chef.

Elle sourit, un sourcil levé. Elle ne lui ferait pas le plaisir de saisir la perche au vol… Mais Pasco n'avait pas tort. Elle avait appris beaucoup de choses à ses côtés, sur la nourriture, le vin, l'amour… et le sexe.

— En parlant de budget, tu as dit quelque chose qui m'a choquée, hier soir.

— *Plusieurs* choses, j'imagine, dit Pasco en grimaçant.

Elle rit doucement.

— Hé, je ne veux pas me disputer avec toi ce matin, promis. Et il faut que nous apprenions à communiquer si nous voulons trouver des règles saines pour ce partenariat.

— D'accord, d'accord. Qu'est-ce qui t'a choquée, Aisha ?

— Tu as dit que j'étais partie car tu n'avais pas assez d'argent.

— Et c'est vrai.

Il l'observait ; Aisha soutint son regard sans ciller. Elle avait besoin qu'il comprenne. Elle avait *besoin* qu'il sache, profondément, qu'elle était sincère lorsqu'elle reprit :

— Pasco… Je ne suis pas partie à cause de l'argent. Cela ne m'a même pas traversé l'esprit. Nous avions bien assez pour deux. Non, ce n'était pas le problème du tout.

— Alors quoi ?

Elle secoua la tête.

— Non. Je ne crois pas qu'avoir cette conversation soit une bonne idée. Je préfère déclarer une trêve et passer à autre chose. Sache juste que l'argent n'avait rien à voir là-dedans.

— Aisha…

— Nous étions en train de parler du trajet jusqu'à Pasco's.

Mais Pasco ne baissa pas immédiatement les yeux. Elle pouvait lire sur son visage comme dans un livre ouvert ; la ride pensive qui froissait son front, la moue d'impatience au coin de sa bouche. À sa grande surprise, néanmoins, il n'insista pas. Après quelques secondes d'un silence lourd de non-dits, il reprit une gorgée de café et hocha la tête.

— Je te reposerai la question, Aisha.

Elle n'en doutait pas. Mais elle avait obtenu un sursis pour ce matin, Dieu merci.

— Je ne vis pas ici tout le temps. Franschhoek est mon refuge, mais j'ai un appartement à Fresnaye. Mon chef de cuisine et mon équipe s'occupent du restaurant au quotidien, de toute façon.

— Pratique, déclara Aisha en s'asseyant en face de lui.

— Hé, j'ai travaillé dur pour en arriver là.

Oh ! il était toujours aussi susceptible à propos de son travail et de son éthique. Il n'avait pas de souci à se faire : elle savait exactement combien il avait travaillé pour en arriver là… Elle allait avoir du mal à lui annoncer que c'était exactement ce qu'elle lui reprochait, tant d'années auparavant.

—Dis-moi tout sur St. Urban, demanda-t-il en tapotant du doigt un gros dossier.

— Tu as dû en parler avec Ro, non ?

Lorsqu'il croisa ses longues jambes sous la table, son genou frôla le sien. Un fourmillement familier l'électrisa – un éclair d'intimité. Pasco croisa les bras et secoua la tête.

— Non, pas vraiment. Muzi, Ro et moi avons été si préoccupés par nos obligations respectives que nous évitons de nous attarder sur le travail quand nous pouvons passer du temps ensemble.

Il lui lança un de ses sourires irrésistibles.

— Il faut dire aussi que ces temps-ci ils ne parlent que de sa grossesse. J'en sais plus sur l'accouchement et les inscriptions à la crèche que je ne le voudrais.

Aisha sourit.

— Ils attendent des jumeaux, c'est ça ? Leur vie va changer du tout au tout.

— Et des garçons, en plus ! À leur place, je serais inquiet. Muzi était intenable quand il était gamin.

— Et pas toi ? fit-elle en riant. C'est toi qui as emplafonné sa voiture dans une vitrine quand vous étiez ados, non ?

— Tu te souviens de ça ?

Elle secoua la tête. Elle se rappelait tout ce qu'il lui avait raconté – ses souvenirs au pensionnat, ses aventures avec Muzi et Digby Tempest-Vane. Mais il ne parlait jamais de l'enfance qu'il avait connue avant d'arriver dans la vallée, à douze ans. Elle ne pouvait pas vraiment lui en vouloir : elle ne parlait jamais de sa famille non plus.

— Aisha ?

— Oui. Alors, St. Urban… Je ne sais pas par où commencer. Ro a été très claire dès le début. Elle veut préserver l'élégance et la grandeur du manoir. Elle voulait sauver tous ses éléments distinctifs : les plinthes peintes à la main, le parquet en bois jaune et des milliers d'autres petites choses. Nous les avons préservés, mais restaurés. Après des mois de rénovations, le manoir peut maintenant accueillir seize clients, avec six suites individuelles et une suite familiale. Ro a aussi converti la maison d'invités, qui peut abriter huit autres clients. Le tout dans le plus grand luxe.

— Hmm, hmm, murmura Pasco, les yeux fixés sur elle.

Aisha remua sur sa chaise. Elle avait oublié ce sentiment : la conviction d'être écoutée avec une concentration totale. Quand Pasco était réellement investi, il était là tout entier. Dans plusieurs mois, il pourrait lui répéter mot pour mot ce qu'elle avait expliqué. Malheureusement, il ne dédiait son attention qu'aux sujets qui l'intéressaient, et sa détresse n'en avait pas fait partie, à l'époque.

Non. Peut-être était-ce injuste. Peut-être que la vérité était plus nuancée que cela. Si Pasco n'avait pas voulu admettre qu'ils avaient des problèmes, c'était aussi parce qu'il n'avait pas pu les résoudre instantanément. Il aimait l'action immédiate. Lorsqu'il ne trouvait pas de solution à une difficulté, il le vivait comme un échec personnel. Et, contrairement à un plat mal préparé, il ne pouvait pas jeter sa femme à la poubelle et reprendre la recette depuis le début.

— Bref. L'objectif, c'est que les clients aient l'impression d'entrer dans leur deuxième foyer, mais un foyer absolument divin. Je veux trouver le parfait équilibre entre la beauté et la chaleur. La bibliothèque regorgera de livres, les salons, de canapés confortables. La maison sera décorée de fleurs fraîches. Heureusement, Ro l'a achetée avec les meubles originaux. Les bureaux, les tables, les chaises, les têtes de lit sont de vraies antiquités. Mon équipe s'occupe encore de les restaurer et de les polir.

Elle attrapa un de ses dossiers.

— Au niveau du programme, j'ai prévu des pique-niques de luxe à la rivière, des randonnées, des balades à vélo jusqu'à la montagne. Il y aura un petit bar au rez-de-chaussée, où l'on servira les meilleures liqueurs du monde. Les clients de Ro pourront boire leurs cocktails dans la véranda ou s'installer sous l'énorme chêne du jardin. Oh ! ça me fait penser – il faut que je trouve un mixologue.

Elle ajouta une note sur sa liste, et Pasco rit doucement.

— Nous y voilà. Fais-moi fantasmer, Aisha.

Aisha sentit ses joues s'enflammer.

— Pardon ?

Il sourit largement. Son visage, ainsi, plein d'humour et de chaleur, avait quelque chose d'incroyablement solaire. L'enthousiasme de Pasco était toujours aussi… enivrant.

— Parle-moi des cocktails. De la cuisine. Des produits et du menu.

Elle sourit à son tour et s'installa plus confortablement contre le dossier de sa chaise.

— Pour la cuisine principale du manoir, je pensais proposer une approche locale, saisonnière. De la ferme à la table. Haut de gamme mais pittoresque.

— Tu as déjà choisi quelqu'un ?

— Non, pas encore. J'annoncerai l'offre dans un mois ou deux, et si je ne trouve personne je me mettrai en contact avec une agence de recrutement.

— Je connais deux ou trois personnes très talentueuses qui sauteraient sur l'occasion de diriger leur propre cuisine. Tu veux que je t'envoie leur CV ?

— Merci, ce serait très utile. Muzi fait aussi rénover les

celliers et veut installer un viticulteur pour produire un vin du cultivar qu'il a découvert sur le domaine. C'est lui qui s'occupera de recruter les employés pour la dégustation et les visites. Le cellier est très ancien, c'est un espace extraordinaire. J'aimerais trouver un historien pour en savoir plus sur le lieu et sur la production de vin dans la vallée.

— Mon frère Cam est viticulteur. C'est un vrai intello en matière d'œnologie et d'histoire. Il pourra sûrement t'en dire plus ou te donner d'autres contacts.

Aisha griffonna une autre note.

— Tu t'avères finalement très utile, ce matin, Kildare.

— À ton service, répliqua Pasco, amusé. Mais ce qui m'intéresse le plus, c'est le restaurant pop-up. Qu'est-ce que tu veux en faire ?

Aisha poussa un soupir.

— Pour l'instant, rien. Je ne connais son existence que depuis hier.

Pasco recula sa chaise pour étendre ses jambes et croiser les chevilles. Ainsi, il était au summum de la nonchalance, mais elle savait que son esprit galopait à cent à l'heure. Pasco n'arrêtait jamais, surtout quand il s'agissait d'un projet qui le passionnait.

— J'ai discuté d'un menu dégustation avec Ro plusieurs fois depuis que je la connais, mais jamais très sérieusement. Il y a plusieurs semaines, je lui ai annoncé que j'étais intéressé par un projet de ce type, mais seulement pour quelques mois. Comme elle aime l'idée d'inviter des chefs d'excellence à tour de rôle, elle a mis le projet à exécution.

— Dans ce cas, pourquoi t'es-tu impliqué dans le design du restaurant ? Tu ne vas pas rester.

— J'ai de l'expérience dans le domaine. On me connaît dans le monde entier pour mes standards exigeants en termes de décor, de service et de nourriture. En plus, j'aime bien avoir mon mot à dire sur l'espace du restaurant où je travaille, ainsi que sur le menu et sur l'équipe. C'est mon privilège, en tant que premier chef sur les lieux.

— Un grand privilège, sachant que tu ne donnes pas un centime pour le projet…, marmonna Aisha, aussi impressionnée par son assurance que frustrée par son arrogance.

Les yeux verts de Pasco accrochèrent les siens, étincelants.

— Je suis l'un des meilleurs chefs du monde. Tu peux me croire, bon nombre des premiers clients de Ro viendront dormir à St. Urban juste pour goûter ma cuisine.

Aisha secoua la tête, railleuse.

— Il faut vraiment que tu travailles sur ta vantardise, Pasco.

Il rit de l'insulte, et son rire adoucit l'humeur d'Aisha immédiatement.

— Sale gamine, rétorqua-t-il avec un clin d'œil.

La facilité de sa réplique, de son sourire, de leur intimité lui serra le cœur. Vite, elle détourna le regard vers la fenêtre baignée de soleil et mordilla le bout de son stylo.

— C'est moi qui vais représenter Ro sur ce projet, Pasco. C'est à moi que tu devras te référer. Est-ce que tu penses vraiment que nous arriverons à travailler ensemble ?

— Pourquoi pas ?

Elle n'était pas aussi convaincue que lui.

— Parce que tu es exigeant, et autoritaire, et têtu. Tu as l'habitude qu'on t'obéisse au doigt et à l'œil… Et moi aussi. Je ne suis pas la même femme qu'il y a dix ans, Pasco.

— Je serais déçu si tu l'étais. Les gens changent, Aisha. Tout le monde grandit.

— Ce que je veux dire, c'est que je ne vais pas dire amen à tout ce que tu as décidé d'entreprendre. Je vais te contredire. Je vais même devoir te dire non, occasionnellement.

Les coins de sa bouche séduisante tremblaient sur un sourire retenu.

— Mon Dieu, Aisha. Je suis terrifié !

Il ne la prenait pas du tout au sérieux ! Elle se pencha vivement et lui asséna une petite tape au sommet du crâne.

— Tu ne m'écoutes pas, Kildare ! Je te dis que ma loyauté est à Ro, et seulement à Ro. Si un de tes caprices va à l'encontre de sa vision pour St. Urban, je mettrai mon veto.

— Tu pourras toujours essayer, en tout cas, lâcha-t-il avec un rictus espiègle. Ne t'inquiète pas, Aisha. Nous trouverons notre équilibre.

Insupportable ! Elle savait ce qu'il voulait dire par là : qu'elle finirait par baisser les armes et suivre le mouvement. Elle secoua la tête.

— Je t'aurai prévenu, Pasco.

Il lui sourit largement, visiblement amusé par la petite tape, puis jeta un coup d'œil à sa montre et se leva d'un bond.

— Hé ! Où vas-tu ? s'exclama-t-elle. Cette conversation n'est pas terminée !

Il leva les mains en signe d'innocence.

— J'allais juste me faire un autre café.

— Oh. Je… D'accord. Tu aurais pu me demander, je peux le faire.

— Chérie, nous avons dépassé le stade des politesses depuis longtemps. Tu en veux une tasse ?

— Je… Oh ! hum… oui, s'il te plaît, d'accord.

Pendant que Pasco retournait à la cafetière, Aisha prit son visage dans ses mains et poussa un soupir. Il était là depuis vingt minutes et elle était déjà épuisée et chamboulée. Converser avec Pasco était une danse particulièrement sophistiquée, et, soit dit en passant, son Levi's moulait ses fesses à la perfection.

Ce qui n'avait aucun rapport.

Bien sûr, il choisit cet instant de faiblesse pour se tourner vers elle et croiser son regard. Parfait. Prise la main dans le sac. Il arqua un sourcil, espiègle et flatté de son attention. Elle lui répondit d'une moue piquée, mais sa réaction ne fit qu'aiguiser la satisfaction qu'elle lisait dans ses yeux.

D'accord, d'accord. Il était beau et elle ne lui était pas indifférente. Et alors ? Elle pouvait bien regarder, elle ne toucherait à rien. Ça aurait été… une très mauvaise décision.

— Revenons au vif du sujet, Pasco. Nous avons beaucoup de décisions majeures à prendre sur le restaurant. D'abord, nous avons besoin d'un nom.

— Pasco's à St. Urban, dit-il immédiatement.

— Tu te fiches de moi.

— J'ai déjà Pasco's au Vane Hotel, Pasco à la maison (c'est ma chaîne d'équipements et de nourriture), Pasco's Franschhoek. Mon nom, c'est ma marque de fabrique. On reconnaît ma patte immédiatement. Si je signe le contrat, c'est comme ça qu'on appellera le restaurant.

Il avait parlé d'un ton sans appel. Aisha fronça le nez. Première bataille, et elle partait déjà perdante. Heureusement, elle voyait la qualité de son argument et elle était prête à lui laisser cette victoire-ci.

— OK pour Pasco's, tant que tu y officies, en tout cas. Le nom pourrait changer de chef en chef. Quelles sont tes disponibilités pour des réunions régulières ?

Il lui posa sa tasse près d'elle. Elle le remercia d'un hochement de tête avant d'ouvrir son agenda.

— Je suis assez flexible, donc n'hésite pas, ajouta-t-elle. Je pense que deux réunions par semaine feraient l'affaire.

— Mon emploi du temps change au jour le jour. Je vais où on a besoin de moi. Je ne pourrai te donner mes disponibilités que quelques heures à l'avance.

Aisha serra les dents. N'avait-il donc pas compris qu'elle avait également une carrière ? Elle ne pouvait pas organiser ses semaines autour de lui et de ses obligations ! Elle avait essayé de lui communiquer la montagne de travail qui l'attendait à St. Urban... Même avant de découvrir l'existence du restaurant, elle avait prévu que son programme serait très serré. Mais non, bien sûr, le travail de Pasco passait avant tout. Une vague de rancœur familière monta en elle. Elle détourna le regard. Il ne comprenait rien ! Il n'était même pas conscient de la blessure que rouvrait son égoïsme.

Rien n'avait vraiment changé.

Elle aurait dû dire quelque chose, mais elle était épuisée. La tristesse la prit soudain à la gorge. Elle poussa un long soupir et pressa une main sur son front. Elle ne voulait pas retomber dans les pièges du passé ; elle ne pouvait pas laisser Pasco la mener encore une fois là où elle ne voulait pas aller.

— Non. Je ne peux pas m'organiser comme ça. J'ai besoin d'avoir des horaires fixes, déterminés à l'avance. Je suis flexible maintenant, mais, une fois que mes autres rendez-vous seront pris, je ne pourrai pas les retarder ou les annuler.

Il ne répondit pas immédiatement. Imaginait-elle l'éclat de respect qu'elle décelait dans son regard ? Sans doute. Pasco se leva en silence pour aller poser leurs tasses vides dans le lave-vaisselle, puis vint se planter face à elle, les mains dans les poches, le visage sérieux.

— Je vais voir ce que je peux faire, mais je suis débordé.

— Trouve le temps, Pasco. C'est important.

— C'est noté. Pour le moment, il faut que j'y aille. J'ai rendez-vous au Vane Hotel pour tester les plats de la semaine prochaine.

Bien sûr, le dimanche n'était jamais un jour de repos pour un homme accro à son travail. Aisha étouffa un soupir et le raccompagna à la porte. Sur le seuil, Pasco se tourna vers elle et inclina le visage, d'un mouvement instinctif, comme pour l'embrasser ou pour frôler son front d'un baiser.

Il se figea avant de la toucher ; sur son visage, une étincelle d'hésitation laissa place à la conscience douloureuse de ce qui avait été. De ce qui n'était plus. Sa tendresse aurait été romantique, dix ans plus tôt ; elle était malvenue aujourd'hui.

Ils devaient trouver un nouvel équilibre.

Pour désamorcer cette seconde d'intimité, elle lui décocha son sourire le plus impersonnel.

— À bientôt, Kildare.

Simple. Professionnel. Efficace.

— Prends soin de toi, Aisha. Ne travaille pas toute la journée.

— Tu peux parler. Occupe-toi de trouver du temps pour St. Urban.

— Je ferai de mon mieux, dit-il en riant.

Finalement, plutôt que de l'embrasser sur la joue, il lui serra doucement l'épaule de sa main chaude.

— Je t'appelle dès que j'ai trouvé des disponibilités.

Et il la laissa là, sur le seuil, agacée et excitée, la peau hérissée de chair de poule. Elle le regarda traverser le jardin pour prendre le raccourci qui menait directement chez lui.

5.

Il était encore tôt lorsque Pasco contourna le manoir pour rejoindre les anciennes écuries, que Ro avait fait convertir en bureaux pour le manager de l'hôtel et l'administration. Depuis l'intérieur, des conversations animées se faisaient déjà entendre. Il entra dans la bâtisse et les suivit jusqu'au bout du couloir.

— Oui, oui, je comprends la situation, je sais que les prix augmentent aujourd'hui, mais j'ai besoin de la signature de mon consultant et je n'arrive pas à mettre la main sur cet imbécile !

L'imbécile, c'était lui. Pasco grimaça. *Oups.*

Il s'appuya contre le chambranle. La porte était ouverte, et dans son bureau Aisha lui tournait le dos et continuait de rugir dans son téléphone.

Ces deux dernières semaines, elle lui avait envoyé une dizaine de mails et avait tenté de l'appeler tous les jours. Il l'avait ignorée. Pas parce qu'il ne voulait pas lui parler, mais parce que s'engager sur ce chemin périlleux l'inquiétait. Une fois qu'il aurait commencé à fréquenter Aisha de nouveau… comment parviendrait-il à freiner ce qu'il sentait revivre en lui ?

Il passait déjà beaucoup trop de temps à penser à son ex-femme. Entre deux fantasmes torrides, il se répétait en boucle ce qu'elle lui avait avoué autour d'une tasse de café.

« Je ne suis pas partie à cause de l'argent. Cela ne m'a même pas traversé l'esprit. Nous avions bien assez pour deux. Non, ce n'était pas le problème du tout »…

Il ne comprenait pas. Pourquoi l'avait-elle quitté, si ce n'était pas pour l'argent ? Il était tiraillé : il voulait tout savoir et il ne voulait rien savoir. Leur histoire appartenait au passé. Pourquoi se torturer ainsi ?

Et pourtant, s'il n'avait pas compris les raisons de leur rupture à l'époque… il avait besoin de les comprendre aujourd'hui.

Il se souvenait d'être rentré un soir après un long service et d'avoir trouvé Aisha sur le canapé, le visage solennel, les mains crispées. Ses yeux brillaient de détermination et d'anticipation. Il connaissait cette expression : elle voulait avoir une conversation sérieuse, et c'était la dernière chose dont il avait besoin, après des heures de stress, de bruit et de travail. Il voulait la toucher, l'embrasser, lui faire l'amour, mais parler ? Non, merci.

Peut-être était-ce le trait qu'elle lui reprochait. Il avait toujours été prompt à balayer leurs petites difficultés et à prétendre que tout allait pour le mieux…

Il n'aimait pas parler de ses sentiments, ou même des sentiments de quiconque, s'il était sincère avec lui-même. Ce genre de conversations lui donnait l'impression de s'exhiber. Il ne voulait pas se sentir vulnérable.

Alors, à l'époque, il s'était toujours comporté comme un idiot quand Aisha semblait vouloir communiquer. Il s'efforçait de la distraire. Il esquivait. Et elle fondait comme neige au soleil entre ses mains ; un baiser profond, une caresse sur son sein, et ils oubliaient tous les deux la menace d'une dispute…

Bon Dieu. Quel imbécile… Il pouvait bien l'admettre, aujourd'hui. À vingt-quatre ans, il était jeune, arrogant, égocentrique. Il en payait le prix aujourd'hui. Il n'avait jamais voulu écouter Aisha, et toutes les raisons qui avaient pu la pousser à le quitter le hantaient encore, aiguisées par le regret.

Le temps n'aurait-il pas dû apaiser sa souffrance ?

Ils s'étaient quittés longtemps auparavant. Il ne restait rien de leur couple. Rien d'autre que le besoin viscéral de lui faire l'amour, d'être avec elle de nouveau, de la toucher, de s'abandonner en elle. Plus il apprenait à connaître la femme qu'elle était devenue, et plus son désir le torturait.

Depuis Aisha, il n'avait jamais vraiment essayé de trouver une nouvelle compagne, une véritable partenaire, car Aisha…

Non ! Bon Dieu, qu'est-ce qui lui prenait ? Aisha était son ex-femme. Ils n'avaient pas communiqué depuis des années. Elle n'était ni sa compagne ni sa partenaire. Il ne se passerait plus jamais rien entre eux. C'était fini.

Et, pour s'en assurer, il allait devoir passer le moins de temps possible avec elle.

Il était venu ce matin car St. Urban était sur son chemin et les messages d'Aisha étaient devenus franchement menaçants. Il ne pouvait pas la fréquenter, mais il ne voulait pas non plus qu'elle le haïsse.

Il passerait quinze minutes avec elle. Il signerait ses papiers. Et il ne la toucherait pas. Ce n'était vraiment pas compliqué.

Dans le bureau, Aisha raccrocha brutalement et prit son visage dans ses mains. Elle lâcha un long gémissement de frustration.

— Un problème ? demanda Pasco.

Avec une exclamation de surprise, elle fit volte-face, les joues enflammées et les yeux brûlants de rage. Oh… Elle n'était pas contente, et elle était vraiment sublime.

— Qu'est-ce que tu fais ici, Kildare ?

Il baissa les yeux vers sa bouche large, si expressive. Il avait encore sur la langue la saveur de leur baiser…

— Tu m'as demandé de venir… Alors me voilà.

Aisha pinça les lèvres. Le silence s'étira ; peut-être qu'elle comptait jusqu'à 10 pour ne pas succomber à la tentation de l'assassiner. Ou, vu le temps écoulé, jusqu'à 20.

— J'essaie de te joindre depuis deux semaines, Pasco.

— J'ai été très occupé, dit-il en entrant dans le bureau.

Il ne pouvait s'arracher à l'éclat brun-noir de son regard furieux. Il n'avait qu'une envie : la prendre dans ses bras et la déshabiller fiévreusement. Il voulait enfin la voir nue, sublime dans la lumière dorée qui baignait la pièce.

— Tu me rends folle, marmonna-t-elle, les dents serrées.

Et toi donc…

— On me le dit souvent, dit-il avec une décontraction feinte, en s'asseyant dans le fauteuil de cuir vert. J'ai quinze minutes. Je t'écoute…

— Tu te fiches de moi ? J'ai besoin de plusieurs heures !

— Quatorze minutes et cinquante secondes, maintenant…

Aisha crispa une main sur une agrafeuse, et il pria très fort pour qu'elle ne lui envoie pas dans la figure. Elle serra les dents. Elle finit par marmonner un juron et relâcha son arme de fortune avant d'attraper sa tablette.

— Très bien. Je viens d'avoir le fournisseur pour les réfrigérateurs commerciaux. Les prix ont augmenté cette année, et, si nous voulons les faire livrer aux prix de notre dernier contrat avec eux, il demande que la commande soit passée tout de suite.

Pasco retint une grimace. Il avait récemment découvert un fournisseur dont les appareils utilisaient des technologies avancées, et il voulait explorer cette option avant de prendre une décision.

— J'avais une marque précise en tête, annonça-t-il. Je voulais d'abord faire des recherches.

Aisha cala ses fesses sur le bord du bureau et le foudroya du regard.

— Je t'ai envoyé toutes ces informations il y a dix jours, Kildare. Tu ne pouvais pas faire tes recherches avant ?

Sa voix rageuse et son visage froissé de fureur lui arrachèrent un sourire ; c'était plus fort que lui. Il n'y avait rien de plus excitant qu'une confrontation avec Aisha.

— C'est en cours. Je fais au plus vite. Autre chose ?

Elle avait les phalanges blanches autour de sa pauvre tablette. S'il sortait d'ici sans points de suture, il l'aurait échappé belle.

— J'ai reçu le portfolio des esquisses pour la décoration du restaurant. Il faut que nous prenions une décision rapidement, surtout si tu veux des meubles et un bar faits sur mesure.

— Tu as raison. Je vais prendre le portfolio et je t'enverrai mes commentaires d'ici la fin de la semaine.

Aisha lâcha un grognement agacé.

— Tu sais qu'on est vendredi, pas vrai ? C'est déjà la fin de la semaine.

— La fin de *ma* semaine, c'est dimanche.

Elle le foudroya du regard. Il était bien trop attiré par cette nouvelle facette d'Aisha : cette flamboyante détermination, une force de caractère qu'il ne lui connaissait pas.

Ce rendez-vous allait de mal en pis : en quelques minutes, il était déjà parfaitement ensorcelé.

Il se leva brusquement. Il allait partir… Mais, au lieu d'aller vers la porte, il la rejoignit et s'arrêta près d'elle. Il ferma brièvement les yeux quand son parfum chatouilla ses narines. Il aurait voulu enfouir son visage dans son cou, entre ses seins, contre sa peau ; se noyer dans son odeur.

Il attrapa sa tablette pour jeter un œil à sa liste. Ils avaient encore une quinzaine de points à aborder. Elle avait raison : elle avait besoin de plusieurs heures, et il ne rendrait pas justice à son travail en une dizaine de minutes. Seulement voilà, son self-control ne tenait qu'à un fil, et passer des heures avec elle aurait raison de lui.

— Envoie-moi la liste par mail, ordonna-t-il avant de regretter immédiatement d'avoir parlé si sèchement.

— Je l'ai déjà fait ! Plusieurs fois ! rétorqua-t-elle. Pasco, tu rends les choses beaucoup plus difficiles qu'elles n'ont besoin de l'être. J'ai déjà ouvert des grands restaurants ; tu peux me laisser faire. Tu n'as pas le temps, tu n'as même pas l'air intéressé…

— Mon Dieu, tu es si jolie.

Elle s'arrêta, coupée en plein élan.

— Quoi ?

Il ne savait pas ce qui lui avait pris. Il n'avait pas pu se contenir. Et elle l'était – si jolie, si charismatique, avec ses grands yeux étincelants d'irritation et sa moue boudeuse. Une princesse guerrière. Elle était…

— Ta peau est parfaite et ton parfum me rend fou.

Un éclair de surprise passa sur son visage, mêlé de… plaisir ?

— Merci.

Elle soutint son regard. Il ne pensait qu'à une chose : la sensation de ses lèvres sous les siennes, la caresse de ses mains sur sa peau tiède et fragrante. Elle ne reprit pas la parole ; elle avait peut-être perdu le fil de la conversation, elle aussi. Elle le fixait droit dans les yeux. Sa langue apparut pour humecter sa lèvre inférieure. Dans ses yeux, il voyait la même flamme de désir, le même péril fou qui le tourmentait. Elle soupira, et fit un pas en avant. Il n'hésita pas, cette fois-ci. Il inclina la tête vers elle, lentement, pour lui laisser le temps de l'arrêter… Mais leurs bouches se trouvèrent dans le même élan.

Il avait cru désirer une étreinte foudroyante, mais il se surprit lui-même en l'embrassant avec une immense douceur. Juste un frôlement. Aisha se raidit contre lui, surprise. Une seconde après, au lieu de le repousser, elle fit glisser ses mains derrière sa nuque et soupira contre lui avec une tendresse qui lui transperça le cœur. Il la souleva contre lui en lui caressant le dos, les fesses. Ce baiser était étrange ; si doux, si fervent, si profond dans sa pureté. Si simple… et bouleversant.

Mais cela ne voulait rien dire, n'est-ce pas ? Ils avaient toujours partagé une alchimie explosive. Un homme et une femme qui se désiraient encore, voilà ce qu'ils étaient ; ni plus, ni moins. De peur que la tentation d'aller trop loin et de la coucher sur le sofa tout proche vienne à se faire trop intolérable, il rompit le baiser le premier.

Mais il ne parvint pas à reculer. Pas vraiment. À la place, il resta figé devant elle et pressa son front contre le sien.

— Où est le portfolio, Aisha ? souffla-t-il.

Aisha abandonna sa nuque d'un geste lent, comme à regret. Elle fit un pas en arrière. Sur son visage, le désir avait fait place à la confusion.

— Pardon ?

— Le portfolio d'esquisses pour la décoration intérieure ?

Comment son cerveau pouvait bien fonctionner alors que tout son sang s'était logé au sud, il n'en savait rien, mais il faisait son possible pour avoir l'air maître de lui.

Aisha secoua la tête. Derrière elle, sur le bureau, une grande chemise en cuir attendait sagement. Il s'écarta enfin (en faisant un effort considérable) et attrapa le porte-documents.

— C'est celui-ci ?

— Oui. Oui, c'est ça.

Elle avait croisé les bras et pincé les lèvres. Un masque de froideur était tombé sur son beau visage. Comme si de rien n'était, comme s'ils n'avaient pas partagé un baiser qui l'avait chamboulé jusqu'au plus profond de son âme, elle reprit sa tablette et détourna le regard.

— Il faut que je t'explique deux ou trois choses…

Oh ! non. Non, non, non. Il avait besoin d'air. Il avait besoin de prendre la fuite. Il ne pensait qu'à une chose, et c'était de lui faire l'amour, ici, maintenant, pendant des heures.

Reprends-toi, Kildare !

— J'ai ouvert beaucoup de restaurants, Aisha. Je suis sûr que je comprendrai en regardant les plans.

Il baissa les yeux sur sa montre d'un air pressé.

— Il est l'heure ! Il faut que j'y aille, annonça-t-il.

— Mais…

Pasco n'osa pas relever les yeux ; il tourna les talons et partit sans demander son reste.

Les yeux rivés sur l'entrée bondée de Binta, un bar huppé avec vue sur la plage, Aisha s'était réfugiée sous l'auvent d'une boutique fermée. Tous les Capétoniens, et une majorité de Sud-Africains, connaissaient cet endroit, l'une des pépites de la ville. Binta était réputé pour sa sophistication contractée. La clientèle y était jeune, cool et riche. En toute autre circonstance, Aisha aurait été impatiente d'y rejoindre Priya pour prendre un verre. Malheureusement, aujourd'hui, Priya ne l'avait pas invitée seule : ils fêtaient le cinquantième anniversaire de son mari dans la salle à manger privatisée de Binta, et toute la famille Shetty serait présente.

Génial.

Aisha avait essayé de trouver une excuse, en vain. Priya avait une solution à tout. C'était samedi : elle n'avait pas besoin de rester tard au travail. Priya lui avait préparé sa chambre d'amis pour qu'elle n'ait pas besoin de rentrer en pleine nuit jusqu'à Franschhoek. Et, si, si, toute la famille serait ravie de la revoir.

Ça, elle en doutait. Peut-être qu'ils seraient polis au début, mais les commentaires insidieux ne tarderaient pas à pleuvoir. Leur hypocrisie lui avait toujours donné envie de hurler. Elle avait toujours dû supporter leurs compliments à double tranchant : « Nous aurions tant aimé qu'Aisha fasse le même parcours que ses sœurs ! »

Cinq ans plus tôt, quand ses parents l'avaient recontactée de loin en loin, prêts à lui pardonner son mariage désastreux, c'était sa sœur Reyka qui les avait convaincus de reprendre leurs distances. Depuis deux ans, ils s'appelaient à peu près tous les mois. Leurs conversations étaient légères et sans conséquence, dictées par l'obligation plutôt que par une quelconque intimité. Mais ce soir… Ce soir, c'était la première fois qu'elle les verrait en chair et en os depuis dix ans.

Elle était horriblement nerveuse.

Elle aurait pu passer la soirée à travailler à St. Urban. Ça aurait été tellement plus facile… Les confrontations avec sa famille l'amenaient toujours à remettre en question ses choix, ses principes, et même sa propre valeur. Elle détestait leur jugement, et elle détestait la faiblesse dont elle faisait preuve lorsqu'elle était en leur compagnie.

Elle laissa voguer son regard vers l'océan. C'était étrange. Pour la première fois depuis longtemps, elle aurait aimé que Pasco soit à ses côtés. Il aurait pris son parti lorsque les piques mielleuses auraient commencé à pleuvoir. Il aurait glissé sa main dans la sienne. Elle savait qu'elle était forte et indépendante, mais même une femme forte avait parfois besoin de soutien.

Seulement, Pasco ne savait rien de sa famille. Elle ne parlait jamais d'eux. Elle n'avait pas voulu lui avouer combien elle était vulnérable en leur présence. Elle n'avait pas voulu souiller leurs moments de bonheur en partageant les doutes que son enfance avait cultivés.

Pasco et elle s'étaient caché tant de choses… Maintenant qu'elle y réfléchissait, avec le recul, elle s'apercevait que lui aussi avait rarement mentionné ses parents, son éducation, son passé. C'était difficile à admettre, mais il fallait être honnête : ils ne se connaissaient pas, pas réellement. Ils avaient gardé leur cœur et leur âme cachés l'un à l'autre. Ils n'avaient pas partagé leurs motivations, leurs peines, leurs blessures. Et le désir qu'ils se portaient, aussi puissant soit-il, n'aurait pas pu sauver leur mariage, pas dans ces conditions.

Un désir plus puissant que jamais. Depuis vendredi, elle essayait de se concentrer sur son travail, mais en vain. Elle ne pensait qu'à lui. Et la prochaine fois qu'elle le verrait, s'il l'embrassait de nouveau – si elle répondait à son baiser –, alors elle ne donnait pas cher de ses bonnes résolutions.

Mais d'abord elle devait affronter la soirée à Binta. Elle inspira profondément, prit son courage à deux mains et traversa la rue. Pour l'occasion, elle avait choisi une robe longue, élégante et audacieuse, couleur fuchsia et ceinturée de noir et blanc. L'étoffe vaporeuse chuchotait autour de ses chevilles. Elle avait relevé ses cheveux autour de son visage, mais les avait laissés retomber dans son dos.

Priya et Oscar accueillaient leurs invités dans l'entrée du restaurant. Ils rayonnaient d'excitation. À son arrivée, Oscar la serra dans ses bras et Priya attrapa ses deux mains pour danser sur place.

— Qu'est-ce que tu en penses ? Je n'arrive pas à croire que nous ayons pu réserver une salle dans cet endroit !

Aisha jeta un œil vers le bar et arqua un sourcil en reconnaissant une célébrité dans la masse scintillante des clients. Décidément, Binta était au sommet de sa gloire. Au moins, quand sa famille commencerait à lui taper sur les nerfs, elle pourrait commander les meilleurs cocktails de la ville.

— Tout le monde est déjà à l'étage. On attend encore deux ou trois personnes pour monter. Mais tu peux attendre avec nous, si tu préfères.

Aisha hocha la tête. Priya serra sa main encore une fois avant de se tourner pour accueillir un couple d'amis. Aisha recula et s'adossa au mur pour regarder la foule. Elle aimait l'agencement du bar, avec ses portes coulissantes et l'espace patio, séparé de la rue et de la plage par de grandes arches. La salle était décorée de hautes plantes luxuriantes, une façon de permettre aux invités attablés de garder un semblant d'intimité sans cacher la vue de l'océan et du magnifique crépuscule. C'était l'endroit parfait pour être vu, pour voir, pour s'amuser. Elle était impressionnée.

— Oscar et Priya, je présume ?

Aisha retomba brutalement sur terre.

Elle connaissait cette voix.

Pasco ? Que faisait-il ici ?

Mais non, elle ne rêvait pas, c'était bien lui, dans toute sa splendeur, vêtu d'un costume bleu de Prusse et d'une chemise blanche, ouverte au col. Priya lui serrait la main, tout sourire.

— Pasco ! Je suis ravie de faire enfin ta connaissance. Voici mon mari, Oscar.

Pasco serra la main d'Oscar avant de se tourner vers Aisha.

— Bonsoir, Aish. Tu es superbe.

Elle ouvrit la bouche, prête à lui retourner le compliment, mais s'interrompit de justesse. Non, non, non.

— Qu'est-ce que tu fais ici ?

Pasco jeta un œil aux alentours et haussa les épaules.

— Je viens ici tous les mois, pour garder un œil sur Binta.

— En quel honneur ?

Priya leva les yeux au ciel.

— Quand tu m'as dit que tu travaillais avec Pasco, je l'ai appelé en me présentant comme son ex-belle-sœur. J'avais besoin de recommandations pour la fête d'anniversaire d'Oscar. Pasco m'a suggéré Binta et a même créé un menu spécialement pour nous.

Priya ne manquait pas d'air. Aisha leva les yeux vers Pasco et grimaça des excuses. En retour, il lui offrit un sourire lent et brûlant, qui fit courir un frisson sur son échine.

— Désolée, articula-t-elle discrètement.

Il haussa les épaules et lui répondit d'un clin d'œil.

— Alors tu es aussi le propriétaire de Binta ? s'enquit-elle alors qu'Oscar et Priya se tournaient vers de nouveaux invités.

— Copropriétaire, précisa Pasco avant de laisser courir un

son regard appréciateur sur elle. Tu es vraiment magnifique, Aisha.

L'admiration qu'elle voyait dans les yeux de Pasco lui donnait des ailes, et là, dans le hall de Binta, elle se sentit soudain extatique. Elle retint in extremis l'envie de tourner sur elle-même comme une princesse pour faire virevolter sa robe. Il fallait qu'elle reprenne ses esprits. Il avait ignoré ses appels, cette semaine encore. Voilà un bon sujet de conversation.

— Tu m'évites, dit-elle d'un ton abrupt. Pourquoi ?

Pasco plaça une main sur ses reins pour la guider vers les escaliers.

— Tu veux la vérité ?

La chaleur de sa main irradiait sur sa peau.

— Bien sûr.

— Parce qu'à chaque fois que je suis avec toi j'ai envie de t'embrasser à perdre haleine… et plus si affinités.

Aisha sentit son visage s'enflammer. Elle déglutit.

— Je ne sais pas quoi répondre…

En haut de l'escalier, Pasco s'arrêta et lui sourit, amusé.

— Moi non plus. Mais je sais que je dois faire un effort si nous voulons ouvrir ce satané restaurant.

Il montra la porte ouverte.

— Ta famille t'attend. Tu ressembles beaucoup à ta mère, d'ailleurs.

— Est-ce qu'ils savent que tu es ici ?

— Oh ! non. Je ne me présente pas à mes clients.

Il fronça les sourcils et enfonça les mains dans ses poches.

— Pourquoi tu n'entres pas, Aisha ? Est-ce qu'ils t'en veulent encore pour notre mariage ?

— Ils m'en veulent pour tout et n'importe quoi, dit-elle dans un sourire. Ça ne date pas de notre mariage.

En bas de l'escalier, la voix d'Oscar retentit. Le couple et ses derniers invités arrivaient. Elle frôla le poignet de Pasco :

— Il faut que j'y aille pour le moment, mais je n'ai pas dit mon dernier mot. Il est temps de nous mettre au travail.

Si tu veux, nous pouvons nous voir dans un endroit *public* la semaine prochaine.

Pasco rit doucement.

— D'accord. Bonne idée.

Son regard était si tendre qu'elle en avait soudain la gorge nouée de larmes. Doucement, il caressa sa pommette, puis laissa retomber sa main trop vite.

— Si tu as besoin que je vienne à ta rescousse, appelle-moi. Je ne suis pas loin.

— Ne t'inquiète pas. Je suis une grande fille.

Il déposa un baiser sur sa joue. Après qu'il eut disparu dans l'escalier, Priya, à ses côtés, émit un long sifflement admiratif.

Aisha leva un index autoritaire.

— Ne dis pas un mot.

Mais Priya n'était pas du genre à se laisser impressionner pour si peu.

— Une question, juste une. Comment as-tu pu laisser partir un homme aussi sublime ?

6.

Pasco s'attardait derrière la porte de service, les yeux sur Aisha. Dieu merci, les managers de Binta étaient de vraies perles, car il s'était révélé parfaitement inutile depuis qu'Aisha était arrivée. Personne… Personne, avant ou après elle, ne l'avait jamais distrait de cette façon.

Il s'écarta pour laisser passer un serveur dans la salle à manger privatisée, puis reprit son poste d'observation. D'ici, il la voyait parfaitement. Elle était avec deux de ses sœurs, sa mère, et deux autres femmes qu'il ne connaissait pas. Il y avait plus de dix minutes qu'elle avait rejoint le groupe, et elle n'avait toujours pas dit un mot. À en juger par son expression figée et son sourire forcé, elle avait reçu au moins une ou deux attaques. Elle était sur la défensive, de plus en plus tendue, et visiblement impatiente de partir. Il le voyait dans chacun de ses gestes ; dans la façon dont elle tenait ses épaules trop raides, dont elle serrait sa flûte de champagne. Contrairement aux autres invités, Aisha ne s'amusait pas du tout.

Bon ! Il en avait assez vu. Il n'allait pas rester planté là une seconde de plus à la regarder souffrir sans rien faire. Il tourna les talons et passa brièvement en cuisine.

— Tout est en ordre ? demanda-t-il à son chef exécutif.

— Absolument.

— Tu penses pouvoir t'en sortir si je m'en vais ?

— Bien sûr ! Ce ne serait pas la première fois, Pasco.

Il avait tendance à microgérer, il le savait. Son équipe savait ce qu'elle faisait. Elle n'avait pas besoin de lui ce soir. Il fallait simplement qu'il lâche un peu la bride… C'était toujours difficile, pour lui.

— Merci. Je vais prévenir Jenna et Sbu. Si tu as besoin, j'ai mon portable.

Après avoir signalé à ses deux managers qu'il s'éclipsait, il sortit son téléphone et envoya un message à Aisha.

Je vois que tu ne t'amuses pas. Je t'envoie un serveur. Il va te faire sortir par le parking privé. Je t'attends là-bas. Ne me force pas à venir te chercher devant tes parents… Je crois qu'ils n'apprécieraient pas !

Dans le parking, Aisha trouva Pasco adossé contre sa McLaren Artura. Lorsque leurs regards se trouvèrent, l'air sembla s'électriser. Elle retint son souffle. Elle en oublia presque de remercier le serveur qui l'avait guidée jusque-là.

Pasco était si… irrésistible. Beau, puissant, spirituel et ambitieux. Il avait tout pour lui. Pouvait-on vraiment la blâmer de fantasmer sur lui à toute heure du jour et de la nuit ? En sa présence, elle était plus éveillée que jamais, consciente de chaque seconde. Et elle brûlait de le toucher.

Pasco sourit et contourna la voiture pour lui ouvrir la portière.

— Tout va bien ?

Elle aurait aimé mentir, mais…

— Mieux, maintenant que je suis avec toi.

Elle s'assit à la place du passager et attendit qu'il se glisse au volant. Lorsqu'elle se tourna vers lui, les sens en alerte, il la regardait déjà. Quelque chose crépita entre eux ; le même feu d'artifice qui faisait bouillir ses veines. Le cœur battant, elle reprit la parole.

— Tu n'es pas censé travailler ?

— Cet endroit est si bien géré que je les encombre.

— Oh… Je ne savais pas que tu étais capable de déléguer.

— Binta n'a pas besoin de moi. Toi, si.

Aisha écarquilla les yeux, éberluée. Pasco n'était pas du

genre à esquiver ses responsabilités, et encore moins à faire passer sa vie personnelle avant son travail.

— Ne dramatise pas. J'étais avec ma famille… Ce n'était pas une torture, dit-elle d'un ton faussement léger.

— Ne me prends pas pour un idiot, Aisha. Tu as détesté chaque seconde de cette soirée.

Pasco pressa le bouton de démarrage, et le moteur rugit sous leurs pieds. Elle sentait sa puissance jusque dans son échine et au plus profond d'elle-même.

— C'est vrai, concéda-t-elle en regardant la route, où la voiture suscitait l'admiration des curieux. Où va-t-on ?

— Dans un endroit où nous pourrons parler.

Elle leva les yeux vers lui. Oh ! son sourire aurait fait pâlir d'envie le soleil, et il n'y avait rien de plus délicieux que d'en sentir la chaleur sur sa peau.

— Un endroit public ou privé ?

Il fronça les sourcils.

— Quoi ? reprit-elle. Tu sais très bien que si nous nous retrouvons seuls notre conversation ne sera pas très longue.

— Public. Public, répéta-t-il, comme pour s'en convaincre, la mâchoire crispée.

Leur destination était proche : il se gara rapidement, vint lui ouvrir la porte, et lui attrapa la main pour la guider à travers une rue animée jusque dans un petit bistro pittoresque, lové dans une maison rose à deux étages. Dans le patio, la foule de clients était constellée de serveurs en uniforme. Pasco ignora les marches du patio et contourna la maison jusqu'à un petit escalier de métal. Il sonna. Quelques secondes après, la porte s'ouvrit. Une femme séduisante en robe courte leur sourit.

— Bonsoir, Pasco.

— Busi, dit-il en guise de salut avant de lui présenter Aisha. Tu aurais de la place pour nous ?

Busi serra la main d'Aisha et hocha la tête.

— Tu as de la chance, la plupart de mes habitués ont une cocktail party au Vane Hotel.

Elle s'écarta pour les laisser passer. Aisha s'arrêta sur le chemin de la véranda pour admirer la vue, bouche bée. Le bistro s'ouvrait sur le ciel et l'océan ; d'ici, elle voyait Lion's Head et les sommets des Douze Apôtres, avec la plage pourpre au premier plan.

— C'est incroyable, murmura-t-elle alors que Pasco la rejoignait, deux verres à la main. Où sommes-nous ?

Il la guida vers un petit sofa.

— Belle Vue. L'endroit porte bien son nom, comme tu vois. C'est un croisement entre le club privé et le bar de dégustation. Il faut être membre pour entrer.

— Et tu es aussi propriétaire, ici ?

Il rit doucement.

— Non. Du coup, je peux me détendre.

Il leva son verre et trinqua avec elle. Aisha avala une longue gorgée de margarita et poussa un soupir de bien-être lorsque le parfait ratio de sucré et d'acide éveilla ses papilles. Elle se lécha les lèvres et hocha la tête, appréciative.

— Tu ne peux pas imaginer combien j'avais besoin d'un verre.

— Qu'est-ce qui se passe, avec ta famille ?

Elle s'était attendue à la question ; elle avait même préparé quelques esquives bien placées. Mais ici, dans la fraîcheur scintillante du bar, elle n'avait pas envie de lui mentir.

— Mes sœurs sont de talentueuses académiques, comme mes parents. Ils sont tous ridiculement brillants. Ils m'ont toujours reproché de ne pas correspondre à leurs critères du succès.

— C'est complètement stupide. Tu es l'une des personnes les plus organisées, les plus logiques, les plus intelligentes que j'aie jamais rencontrées. Et tu as un master.

— Un master en business. Pour eux, ce n'est pas particulièrement admirable. Mes sœurs sont toutes docteures. Elles travaillent dans la science. Elles sauvent des vies, font avancer le monde. C'est ce que mes parents aiment me rappeler régulièrement, en tout cas.

Il la fixa intensément, puis fronça les sourcils.

— Mais il n'y a pas que ça, n'est-ce pas ?

Elle prit une autre gorgée et laissa aller sa tête contre le dossier du sofa.

— Non. Ils sont juste… si passifs-agressifs. Je ne les supporte plus. J'aimerais qu'ils se mettent à hurler, parfois. Qu'ils me disent vraiment ce qu'ils pensent. Mais non, ils se contentent d'insinuer et de lancer des piques.

— Mais tu t'entends bien avec Priya ?

— Oui. Elle ne m'a jamais offert *Les Maths pour les nuls* à Noël, elle, ou une photo de toutes mes sœurs réunies avec leur diplôme de doctorat. Et c'est la seule qui a pris mon parti quand…

Elle s'interrompit brutalement et se sentit rougir. Pouvait-elle vraiment parler de tout cela à Pasco ? Non… Elle et lui n'avaient jamais été talentueux en matière de communication. Ils faisaient de bons amants, oui. Mais ils ne savaient pas converser. Pourquoi essayer maintenant ?

— Dis-moi, chérie.

Elle s'éclaircit la gorge et tourna le regard sur la vue, soudain embarrassée.

— Quand je leur ai annoncé notre divorce, ils ont mis très longtemps à me recontacter. Priya m'a appelée tout de suite, mais pas les autres. Au bout de deux ans, ils ont fini par reprendre contact, mais ils m'ont bien fait sentir qu'ils étaient extrêmement déçus de moi.

— Je suis désolé…

Elle haussa les épaules et cligna des yeux pour faire barrière à ses larmes. Elle attendit d'avoir repris le contrôle d'elle-même pour croiser son regard et reprendre la parole :

— Il y a cinq ans, mes parents ont fêté leur quarantième anniversaire de mariage. J'avais économisé pour leur acheter des billets d'avion. Je voulais les inviter à venir me voir à Londres et qu'ils continuent avec un tour d'Europe – j'avais organisé leur itinéraire dans cinq autres capitales. Hôtels quatre étoiles, visites guidées, tout le tralala. Ça m'a coûté une véritable fortune.

— Que s'est-il passé ? demanda Pasco en glissant une main rassurante sur sa cuisse.

C'était ce dont elle avait besoin. Elle avait besoin de sa chaleur, de poser la tête sur son épaule, juste comme cela. Elle ferma les yeux contre l'étoffe douce de sa veste, apaisée par le parfum de sa peau.

— Un mois avant leur départ, Reyka, ma sœur, s'est fiancée. Et évidemment elle a décidé de fêter ses fiançailles en plein milieu du voyage que je leur avais offert. Je l'ai suppliée d'organiser la soirée plus tard. Elle m'a répondu que je pouvais toujours changer les dates du voyage. Évidemment, c'était impossible. J'avais déjà tout payé et je n'avais pas le budget pour modifier les réservations.

— Combien de temps étaient-ils censés partir ?

— Un mois.

Pasco recula pour la regarder dans les yeux, l'air sombre.

— Et elle ne pouvait pas attendre un mois pour fêter ses fiançailles ?

— Apparemment pas. Mes deux sœurs aînées ont pris son parti, Priya a essayé de me défendre, et mes parents ont été obligés de choisir.

— Et ils ont choisi une fête de fiançailles qui aurait pu être organisée plus tard, conclut Pasco. Génial.

Aisha se redressa et attrapa son verre.

— Ce soir, c'était la première fois que je les revoyais tous depuis dix ans, dit-elle. Personne n'a mentionné quoi que ce soit. On dirait que je n'ai jamais été mariée, que Reyka ne s'est jamais comportée comme une garce, et que je n'ai pas perdu une fortune à cause de leurs petites préférences mesquines.

Pasco fit courir sa main dans ses cheveux, une caresse d'une tendresse insoutenable.

— Je suis vraiment désolé, Aisha.

— Peu importe. Ce n'est pas grave.

Elle croisa les jambes et appuya son épaule contre celle de Pasco. Pour la première fois ce jour-là, elle se sentait détendue. Belle Vue était un petit fragment de paradis au cœur de la ville, et elle avait bien mérité d'en profiter. La Margarita était glacée, le soleil couchant était encore tiède, la vue était sublime.

Pour une fois, elle ne pensait pas à ses schémas, ses listes, ses tableaux, ses délais.

Avec un soupir, elle glissa les pieds hors de ses chaussures à talons et fit gigoter ses orteils douloureux. Elle laissa tomber sa tête sur le dossier, les yeux clos. Elle ne s'était pas sentie aussi légère depuis…

— Pourquoi tu es partie, Aisha ?

Oh.

Aisha se redressa brutalement. Voilà qui suffisait à la ramener à la réalité ! Pasco avala une gorgée de whisky et grimaça en voyant son expression. Décidément, il avait le chic pour lui compliquer la vie !

— Tu ne crois pas que c'est un peu tard pour demander ?

Mais Pasco avait besoin de savoir. Ce soir. Maintenant.

— Réponds-moi, Aisha. Tu ne m'as rien laissé d'autre qu'une courte lettre. J'ai le droit de connaître la vraie raison.

Aisha baissa les yeux, et un éclair de honte passa sur son visage… Immédiatement éclipsé par l'agacement. Elle le foudroya du regard.

— J'ai essayé de t'en parler, Pasco. Je t'ai dit que je n'étais pas heureuse, que je ne te voyais jamais, que je me sentais seule.

— J'avais du travail, Aisha ! J'essayais de nous construire une vie. La vie que *tu* méritais.

Elle inspira profondément. Lorsqu'elle reprit la parole, sa voix était calme, plus calme que la sienne.

— Exactement, Pasco. *Tu* essayais de nous construire une vie. Nous aurions dû y travailler ensemble. C'est toi qui prenais toutes les décisions, qui contrôlais notre avenir. Je n'avais jamais mon mot à dire. Je ne te voyais jamais, et quand tu étais là nous parlions à peine. Nous avions des projets, mais ils finissaient toujours par échouer parce que ton travail passait avant *tout*. Même avant moi. Je n'ai jamais été ta priorité. Je n'étais que de passage dans ta vie.

Foudroyé par l'accusation, il resta un instant bouche bée.

— Que… Je… Mais pourquoi tu n'as jamais dit que tu

voulais me quitter ? Pourquoi tu ne m'as pas laissé une chance de rectifier la situation ?

— J'ai essayé. Encore et encore. Mais tu étais toujours trop fatigué pour parler. Tu changeais de sujet, tu trouvais des distractions. Les rares fois où j'ai réussi à exprimer mon mécontentement, je n'en suis sortie que plus malheureuse, parce que ton comportement ne changeait pas malgré nos conversations. Tu n'étais pas prêt à faire des efforts.

Aisha haussa les épaules.

— Et ensuite tu as accepté ce travail à Londres sans même me consulter. C'était une décision capitale. Cela exigeait que nous partions dans un autre pays, mais tu n'as même pas envisagé de me demander mon avis, pas vrai ? ça a été la goutte d'eau qui a fait déborder le vase. Ça m'a prouvé combien j'étais impuissante. Je ne faisais que me laisser porter par ta vie. Je ne pouvais pas continuer ainsi, Pasco.

Il ouvrit la bouche pour se défendre, mais il n'avait aucune excuse. Elle avait raison. Il avait pris toutes les décisions sans la consulter. Il avait planifié leur vie jusqu'au moindre détail, avec toute l'arrogance de sa jeunesse. Il s'était promis de leur assurer une existence idéale et stable, à lui, à elle, à leurs futurs enfants ; il avait cherché à prouver qu'il ne ressemblait pas à son moins-que-rien de père…

Et il avait oublié que sa femme était aussi sa partenaire. Il s'était montré si… égocentrique.

— Tu as raison. J'ai fait beaucoup d'erreurs et je t'ai blessée. Je suis désolé, Aisha.

Aisha leva les yeux vers lui, visiblement choquée. Il fallait dire qu'il ne s'excusait pas souvent, à l'époque. Il lui sourit.

— Hé. Je suis capable de prendre mes responsabilités et d'accepter mes torts dans l'échec de notre mariage, Aish.

Elle lui rendit son sourire, un peu hésitante. Comprenait-elle qu'il était sincère ? Lui aussi avait grandi. En était-elle enfin consciente ?

— Mais je continue de penser que tu aurais dû me le dire en face plutôt que de partir comme une voleuse, ajouta-t-il.

À sa grande surprise, elle hocha la tête.

— C'est vrai. J'ai eu tort. Et moi aussi je suis désolée.

La ferveur honnête de ses excuses lui fit l'effet d'un coup de baguette magique. Soudain, il se sentait léger, délivré d'une rancœur qu'il avait nourrie pendant des années. Ils étaient si jeunes quand ils s'étaient mariés. Ils avaient fait tant d'erreurs. Ils s'étaient laissé emporter par l'arrogance, par la peur, par la solitude. Mais ici, enfin honnête, enfin ouvert, Pasco se sentait capable de pardonner et de se pardonner.

— Alors qu'est-ce qui se passe maintenant, Aisha ?

Elle posa une main tiède sur son avant-bras.

— Nous ne pouvons pas revenir en arrière, Pasco. Mais j'aimerais que nous soyons amis.

Il hocha la tête. Amis. Il ne pensait qu'à la presser contre le mur, sentir son corps contre le sien, ses seins sous ses mains, prendre ses lèvres, savourer sa langue, glisser ses longues jambes fuselées autour de sa taille, l'entendre gémir contre sa bouche, glisser d'un coup de reins dans sa chaleur, écouter son nom psalmodié à son oreille, la faire jouir.

Mais il pouvait se contenter de son amitié.

Pendant que le soleil se couchait sur une palette de pourpre et de carmin, ils continuèrent de refaire le monde. Une heure se fondit en deux, en trois. Ils évitèrent prudemment le sujet de leur mariage ; il lui décrivit ses restaurants, sa vie à Londres et à New York. Elle lui parla de sa promotion, de la maison qu'elle voulait acheter, de la vie stable qu'elle voulait construire. Ils discutèrent de musique, de livres, de politique, et rirent plus souvent qu'ils ne l'auraient cru possible.

Ils partagèrent un plateau de crustacés et une bouteille de vin, et, quand le vent frais de la nuit s'éleva, ils passèrent à l'intérieur pour s'installer au bar. Aisha commanda une généreuse portion de tiramisu. Vers 11 heures, ils quittèrent le restaurant et coururent jusqu'à la voiture en riant, poussés en avant par une bourrasque féroce.

Aisha s'enfonça dans le fauteuil passager avec un soupir et regarda Pasco faire le tour de la voiture. Il laissa de l'argent à un sans-abri puis, avant de s'asseoir au volant, jeta un coup d'œil à son portable. Il leva les yeux et croisa son regard à travers le pare-brise ; de l'index, il lui fit signe qu'il en avait pour une minute.

Elle hocha la tête et ferma les yeux. Malgré l'excellente soirée qu'elle avait passée avec Pasco, elle commençait à avoir la migraine. C'était typique : elle avait toujours la même réaction quand elle voyait sa famille.

Mais la soirée avait été plus excitante que prévu. Elle s'était préparée aux piques des Shetty, mais certainement pas à jouer cartes sur table avec Pasco…

Et surtout pas à l'entendre lui demander pardon. Sa sincérité l'avait touchée jusqu'aux endroits les plus tendres de son âme – les parts d'elle-même qu'elle avait crues endormies pour toujours.

Oui, ils avaient tous les deux fait des erreurs. Elle pouvait admettre les siennes. Ils étaient trop jeunes pour se marier, trop impulsifs, enivrés par le désir qu'ils avaient l'un de l'autre. Ils étaient naïfs, à l'époque, persuadés que l'amour suffirait à vaincre tous les obstacles.

Elle était heureuse qu'ils aient enfin abordé le sujet sans colère. Bien sûr, ils auraient pu aller plus loin, décrypter leurs faux pas et enfin partager leurs secrets, mais à quoi bon ? Il valait mieux laisser le passé dans le passé. Ils avaient fait le nécessaire pour panser leurs blessures, et c'était suffisant.

Elle n'était pas la personne qu'elle avait été à dix-neuf ans, Dieu merci. Pasco aussi était différent. Ils avaient changé en bien. Et c'était le but d'une vie, n'est-ce pas ? Grandir, s'épanouir, continuer à se développer et à apprendre. À l'époque, Pasco vivait sa vie à cent à l'heure, sans jamais s'arrêter pour se remettre en doute. Il semblait s'être adouci, aujourd'hui. Il était plus attentionné, plus ouvert aux autres. Elle appréciait l'homme qu'il était devenu.

Elle appréciait aussi l'attraction torride qui les poussait toujours l'un vers l'autre. Une attraction impossible. Elle pouvait devenir l'amie de Pasco, mais surtout pas son amante. C'était la meilleure solution pour ouvrir le restaurant de Ro, pour travailler ensemble en harmonie. Le problème, c'était qu'elle ne voyait pas Pasco comme un ami… Non, Pasco lui évoquait des images de peau moite et de corps mêlés, de draps froissés et de caresses brûlantes. Elle voulait sentir ses dents sur ses tétons, sa bouche sur son ventre, sa langue entre ses cuisses – et lui, enfin, au plus profond d'elle…

Elle se frotta le front et secoua la tête.

Pourquoi était-il le seul homme à l'attiser de cette façon, à lui faire perdre le contrôle qu'elle avait si durement cultivé ? Elle ne voulait pas de ces complications. Elle ne voulait pas se demander s'il la désirait autant qu'elle le désirait.

Elle n'avait pas été avec un homme depuis longtemps, mais elle savait que la tentation était réciproque. Réciproque et si terriblement enivrante…

La seule décision logique, c'était de garder ses distances. Mais Dieu savait qu'elle préférait l'autre option. Avoir une liaison avec Pasco… Une liaison temporaire… Pourquoi pas, après tout ? Ils étaient adultes, maintenant. Ils étaient matures. Ils sauraient s'en tenir à deux ou trois nuits, pour assouvir les vestiges de leur passion, pour satisfaire leur curiosité mutuelle. Elle mourait d'envie de savoir si la réalité était à la hauteur de ses souvenirs…

Non, non, c'était de la folie ! Elle avait un hôtel à ouvrir, un restaurant à monter, une promotion à décrocher. Elle n'avait ni le temps ni l'énergie pour une aventure.

Comment réagirait-il si elle lui proposait de passer la nuit avec elle ? Sa nervosité monta d'un cran. Un frisson la parcourut. Envisager de parler de sexe à Pasco suffisait à la faire trembler. Voilà qui avait le mérite d'être clair : ses réactions étaient trop fortes, trop viscérales. Non, Pasco et elle n'avaient jamais fait les choses simplement. Le risque était trop grand.

Pasco raccrocha et se glissa derrière le volant. Il se tourna vers elle et leurs regards se heurtèrent dans un éclat brûlant. Toutes ces belles résolutions s'envolèrent aussitôt. Elle n'hésita pas une seconde. Ils s'inclinèrent l'un vers l'autre dans le même élan, au même instant, et sa bouche impérieuse captura la sienne dans un grognement de convoitise. Plus rien d'autre n'avait d'importance ; il n'y avait plus que sa bouche, sa main sur sa hanche, sa langue entre ses lèvres, et l'électrochoc de leur collision au creux de sa chair.

Elle le voulait… Elle le voulait tant.

Elle enfouit une main dans ses cheveux et fit glisser l'autre sous son col, contre la tiédeur de sa gorge. Sous ses doigts, elle sentit la vibration de son gémissement, et elle soupira avec lui. Il décrocha sa ceinture de sécurité à tâtons ; elle ne rompit pas le baiser pour autant. Elle n'en aurait jamais assez, elle le voulait tout entier.

Sa bouche était brûlante, épicée par le whisky. L'odeur de son cou la rendait folle. Elle voulait sa chaleur, elle voulait explorer son corps puissant, le relief de ses muscles, la douceur de sa peau. Comment avait-elle survécu sans le plaisir de leurs étreintes pendant si longtemps ? Sans ses mains, sans la conviction qu'elle n'était jamais plus intensément elle-même que dans ses bras ? Une Aisha sauvage, pure, embrasée. La main de Pasco se referma sur son sein et elle s'arqua contre lui lorsque ses doigts trouvèrent son téton à travers l'étoffe fine de sa robe. Le frein à main s'enfonça dans sa hanche. Il s'écarta brutalement et étouffa un juron.

— Qu'est-ce qui se passe ? demanda-t-elle, haletante.

Les yeux de Pasco se posèrent sur elle, brûlants et avides. Il déglutit difficilement.

— Je suis à *ça* de te prendre ici et maintenant.

— Je suis à *ça* de te laisser faire.

Elle posa la main sur sa cuisse dure.

— J'avais oublié combien c'était bon de t'embrasser…

— Moi aussi.

Il déposa un autre baiser sur ses lèvres, mais, avant qu'elle ne puisse reprendre leur étreinte là où ils l'avaient laissée, il se détourna brutalement et démarra le moteur.

Pendant que la voiture accélérait sur l'asphalte, Aisha maintint sa paume sur la cuisse de Pasco, l'esprit électrique. Son pouce caressait distraitement l'étoffe de son jean lorsque la main de Pasco tomba sur la sienne et l'immobilisa.

— Oh… désolée.

— Ne t'excuse pas, dit-il en riant doucement. J'essaie de toutes mes forces de ne pas remonter ta main, c'est tout.

Elle lui sourit, le visage brûlant. Lui aussi avait les pommettes colorées, les yeux brillants. Sa bouche s'assécha lorsqu'elle baissa les yeux sur le relief de son érection.

— Tu as un appartement près d'ici, pas vrai ?

— À dix minutes, si je vais vite, dit-il en serrant ses doigts dans les siens.

La force de sa poigne suffit à la faire serrer les cuisses. Dans le faisceau embrasé de son regard, elle était plus excitée que jamais. Il la voulait, et elle se sentait puissante, séduisante, assurée, capable de tout…

Vivante. *Enfin* vivante. Son cœur battait à tout rompre et son sang rugissait à ses tempes. Juste à cause d'un baiser. Juste à cause de ses doigts dans les siens. Comment survivrait-elle à ses caresses, à une nuit dans ses bras ?

Peu lui importait. Elle regretterait peut-être sa décision demain. Mais à cet instant… elle en voulait plus, elle voulait tout ce qu'il pouvait lui donner.

Elle leva les yeux vers son beau visage et humecta ses lèvres.

— Alors accélère, Pasco.

Il lui jeta un coup d'œil et délivra sa main pour prendre son menton entre ses doigts tièdes.

— Si je t'emmène chez moi, Aisha, ce n'est pas pour prendre un dernier verre. Tu le sais, n'est-ce pas ?

Elle serra les doigts sur son poignet.

— J'espère bien. J'espère que je serai nue cinq secondes après que tu auras fermé la porte d'entrée.

Pasco sourit et pressa un dur baiser sur ses lèvres avant de se tourner vers la route. Il enfonça la pédale de l'accélérateur, et la voiture vrombit vers le luxueux quartier de Fresnaye, plus rapide que jamais.

7.

Pasco gara la voiture et entraîna Aisha par la main à travers le building de grand standing. Elle trotta pour le rattraper, rieuse. Une fois arrivée devant l'entrée sécurisée de son penthouse, elle se prit à glousser en le voyant se tromper de code deux fois d'affilée, trop fébrile face au pavé numérique. Il jura, inspira profondément et recomposa la combinaison avant de pousser la porte d'un grand mouvement de bras.

Le hall de l'appartement s'illumina à leur entrée. Au lieu de l'attirer dans ses bras, néanmoins, il se figea face à elle. Son regard passa de ses yeux à sa bouche. Un muscle tiquait dans sa mâchoire. Il avait le visage tendu, le souffle court.

Pourquoi ne l'embrassait-il pas ?

— Que se passe-t-il, Pasco ?

— Tu ne peux pas imaginer comme je te veux, Aisha.

Aisha fit un pas en avant. Ils étaient si proches maintenant qu'elle sentait son parfum. S'il la voulait, qu'attendait-il ? Elle haussa les sourcils ; il leva une main pour l'arrêter.

— Mais il faut que je sache. Est-ce que tu es sûre ?

Sûre et certaine. Elle ne voulait pas revenir en arrière. Elle se fichait des conséquences ! Pour une fois, elle était prête à vivre dans l'instant présent. *Carpe diem* et advienne que pourra.

— Aisha ?

Il hésitait toujours – avait-il peur de dépasser une limite secrète, un point de non-retour ?

— Pasco… Arrête de t'inquiéter et embrasse-moi.

Mais, sans plus attendre, ce fut elle qui prit les devants. Elle l'embrassa lentement, langoureusement, avec une application qui leur arracha à tous deux un frisson de volupté. Lorsqu'elle rompit le baiser, il cilla, troublé, haletant. Les yeux dans les siens, elle passa la main sous sa veste et la posa sur son cœur, qui battait la chamade sous ses doigts.

Elle glissa la main le long de son ventre, sur ses muscles durs. Sa peau était chaude à travers l'étoffe. Pasco la laissa lui retirer sa veste, immobile, sans la quitter du regard, puis lui déboutonner sa chemise. La lenteur de ses mains était destinée à le torturer, lui, mais la tourmentait tout autant. Lorsqu'elle écarta enfin les pans de coton, elle pressa sa bouche fiévreuse sur sa peau brûlante, affamée de lui. Elle s'enfouit contre sa poitrine, respira son odeur, referma les dents sur son téton, caressa ses poils et ses bras musclés.

Il trembla sous ses lèvres et émit un son rauque. Elle releva les yeux quand ses mains trouvèrent la boucle de sa ceinture. L'intensité de ses prunelles vertes embrasa ses veines d'un éclair torride.

— Pasco… S'il te plaît. Touche-moi. Je te veux, murmura-t-elle en levant la main pour caresser sa joue.

Sa supplique sembla balayer les derniers scrupules de Pasco ; il l'attrapa dans ses bras avec fièvre et la pressa contre lui pour capturer sa bouche sur un baiser follement impérieux.

Oh ! et elle adorait son ardeur sauvage ! Combien de fois avait-elle rêvé du besoin viscéral qu'elle percevait dans ses caresses ? Il brûlait pour elle comme elle brûlait pour lui. Elle gémit à son tour, les jambes flageolantes. Lorsqu'il envoya valser sa chemise en arrachant les boutons de manchette qui osaient lui faire obstacle, elle rit tout contre lui. À moitié nu, beau comme un dieu, il la pressa contre lui en agrippant ses cuisses. Aisha rejeta la tête en arrière alors que sa bouche glissait le long de sa gorge, puis retint son souffle lorsqu'il taquina son téton à travers l'étoffe de son décolleté. Frustrée par les barrières qui les séparaient encore, elle retira sa robe d'un mouvement fébrile et la laissa tomber à terre. Elle leva les yeux, plantée devant lui, seulement vêtue de sa lingerie noire. Le regard de Pasco s'assombrit. Lentement, bien trop lentement, il tendit la main et écarta la dentelle transparente de sa brassière. Il regarda longuement son téton avant de se pencher pour le prendre dans sa bouche. Elle gémit et enfouit les doigts dans ses cheveux, arquée contre lui.

Pasco se redressa et pressa son pouce contre ses lèvres.

— Allons dans ma chambre.

— Non. Je te veux maintenant et ici.

— Tu es sûre ? Si nous restons ici… je serai rapide. Et ce sera contre le mur.

Elle hocha la tête. C'était ce qu'elle voulait, pour leurs retrouvailles. Brûlant et rapide et sauvage. Hors de contrôle. Irrésistible.

— Je suis sûre.

Il acquiesça, et le temps s'accéléra brutalement. Il sortit un préservatif de son portefeuille, puis la prit dans ses bras. Son baiser était urgent et dévorant ; il glissa les mains sur ses fesses, sous l'étoffe de sa culotte, et elle lui mordilla la bouche en ouvrant sa ceinture et sa braguette. Enfin, *enfin*, elle l'attrapa entre ses mains, chaud et dur et si parfaitement *Pasco*.

Ils ne prirent pas la peine de retirer tous leurs vêtements ; juste assez pour qu'ils puissent bouger, se toucher. Elle déroula le préservatif le long de son membre et, une fraction de seconde plus tard, il l'avait soulevée contre lui, les yeux dans les siens, les mains arrimées à ses fesses.

— Accroche-toi, ordonna-t-il.

Elle enlaça sa taille de ses cuisses et il plongea en elle d'un coup de reins souple, sublime, bouleversant. Le visage tendu de désir et de concentration, il la pressa contre le mur le plus proche avec un grognement de plaisir. Il bougea en elle ; elle gémit et lui rendit sa cadence, et ils s'embrasèrent à l'unisson, frémissants de passion et d'ardeur. Ce qu'elle ressentait entre ses bras dépassait de loin la simple alchimie ; elle était entièrement à lui, en lui, avec lui. Elle resserra les cuisses, s'agrippa à ses épaules, et laissa échapper une exclamation de volupté alors qu'il s'enfouissait en elle, plus fort, plus vite, plus profondément, encore et encore jusqu'à ce que le monde vole en éclats derrière ses paupières.

Oh… Il lui avait *tellement* manqué.

Lui, en elle.

Lui, dans sa vie.

Tôt le lendemain matin, Aisha se glissa hors du lit et, après avoir passé la chemise de Pasco, traversa l'immense chambre sur la pointe des pieds…

Devant la baie vitrée, elle s'arrêta net. Comment résister ?

Le ciel était baigné de mauve et de rose, et derrière les vitres elle décelait la mélodie cadencée de l'océan sur les rochers en contrebas. Hypnotisée, elle s'approcha de la vitre et actionna le mécanisme discrètement dissimulé dans le mur. Les fenêtres s'écartèrent comme par magie, sans un bruit.

Elle avait besoin d'être seule un moment, dans cette lumière divine. Elle sortit sur la terrasse qui entourait l'intégralité de l'appartement, contourna la longue piscine – elle prit tout de même une seconde pour y tremper l'orteil ; l'eau était chauffée, évidemment –, puis s'accouda à la balustrade de verre, dont la ligne était aussi dépouillée que celle de la porte-fenêtre. Pasco les avait choisies sans cadre : aucune armature de bois ou de métal n'entravait la vue. D'ici, elle voyait la mer dans toute sa splendeur, ceinte de sable blanc, surmontée par la splendeur du ciel d'Afrique.

Mais la magnificence de ce lever de soleil ne pouvait pas lui faire oublier les circonstances. Elle avait couché avec son ex, l'homme avec qui elle devait travailler au cours des prochaines semaines. Ils avaient commencé dans le hall, continué dans l'immense pièce à vivre – elle avait entraperçu de superbes tableaux d'art moderne aux couleurs vives quand elle s'était renversée sur un des élégants sofas crème – et terminé dans sa chambre. Ils avaient même partagé une douche ensuite, sublimée par des baisers langoureux et des caresses enthousiastes.

Aisha se cogna doucement le front contre la balustrade et

poussa un soupir. Avait-elle donc perdu la tête ? C'était un désastre.

Ce n'était pas la première fois qu'elle perdait le sens des réalités avec Pasco. Mais elle avait changé, aujourd'hui ! Elle ne faisait plus confiance à l'amour. Elle se l'était promis, elle ne laisserait plus jamais quiconque l'influencer comme Pasco l'avait fait. Elle se focalisait sur ce qu'elle pouvait contrôler ; sa carrière, ses compétences. Une liaison avec Pasco, même une liaison éphémère, serait une distraction dont elle n'avait pas besoin.

Elle avait travaillé si dur… Elle touchait au but. Elle ne pouvait pas mettre en péril son avenir sous prétexte qu'elle était follement attirée par son ex-mari !

Elle jeta un œil à sa montre. Il était encore tôt ; elle pouvait disparaître avant qu'il ne se réveille, appeler un Uber, aller chercher sa voiture chez Priya et retourner à Franschhoek avant l'heure du petit déjeuner. Mais…

Tu veux encore t'enfuir, Shetty ?

Elle leva les yeux vers le ciel incandescent et étouffa un soupir. Elle n'était plus une gamine immature. Elle n'avait plus d'excuses. Elle était capable d'avoir une conversation raisonnable avec l'homme qui l'avait fait jouir toute la nuit. Peut-être réussirait-elle même à ne pas lui proposer de faire l'amour encore une fois sur un des transats, dans la lumière du soleil matinal. Oh ! Une nuit, une seule nuit, et elle était de nouveau accro à Pasco. Elle avait pris un risque fou, et les conséquences allaient être difficiles à gérer.

Mais elle ne partirait pas comme une voleuse, pas cette fois. Elle retournerait à l'intérieur, boirait une tasse de café, puis le rejoindrait dans la chambre pour lui expliquer que cette nuit était une erreur, qu'il n'y aurait pas de récidive.

Elle avait beaucoup appris de Pasco, à l'époque. Il était temps de se souvenir de ses leçons les plus fondamentales : réfléchir avant d'agir et faire passer sa carrière avant tout.

— Beau lever de soleil, hmm ?

La voix rauque de Pasco fit courir un frisson sur sa nuque.

Elle pivota lentement vers lui. Il s'était adossé contre la fenêtre coulissante, deux tasses de café fumantes à la main. Il avait passé un pantalon en coton léger et un T-shirt gris qui suivait les lignes sculpturales de son torse. Ses cheveux brun doré étaient encore ébouriffés, et sa barbe de trois jours était plus épaisse que la veille. Il avait encore la trace de l'oreiller sur la pommette.

Il était beau à couper le souffle, adorable à lui serrer le cœur.

Il contourna les transats et la rejoignit pour glisser une tasse dans sa main et trinquer avec la sienne.

— Il était encore plus beau tout à l'heure. Plein de rose et de mauve et d'or, dit-elle en serrant le mug dans ses mains.

Pasco avala une gorgée de café avant de répondre.

— C'est l'endroit que je préfère pour regarder l'aurore. Encore plus beau que Table Mountain. Je me souviens d'être allé chez un ami qui habitait là-bas, quand j'étais jeune. Je me suis promis d'acheter un jour une maison sur la plage à ce moment-là.

Aisha baissa les yeux sur les vagues qui venaient se briser en contrebas. Quand Pasco avait un objectif, rien ne pouvait l'arrêter. C'était elle qui avait mis fin à leur mariage, des années plus tôt, mais elle n'était pas dupe : il l'avait laissée partir aussi facilement parce qu'il était focalisé sur autre chose. Quelque chose de plus important. Son avenir.

Après tout, il n'avait jamais essayé de la recontacter. Il ne s'était pas battu pour qu'elle revienne. Il avait continué sa vie comme si de rien n'était. Cette pensée lui faisait toujours de la peine, même aujourd'hui. Non, jamais elle ne le laisserait reprendre le pouvoir sur son cœur, après tant de chagrin.

— Alors ? lança-t-il. Quand comptes-tu me dire que nous avons fait une erreur et que nous devons établir des règles ? Que nous sommes seulement collègues, et qu'une liaison ne ferait que compliquer notre travail ?

Elle cligna des yeux, estomaquée. Il lui sourit. Oh ! Elle détestait la facilité avec laquelle il lisait encore dans ses pensées.

Elle se retint de le gifler… ou d'embrasser sa stupide petite moue de satisfaction.

— Je crois que tu as tout dit, railla-t-elle.

— Nous sommes adultes, Aisha. Je pense que nous savons séparer le sexe du travail.

— C'est toi qui m'évites depuis des semaines parce que tu as envie de moi, non ?

— D'accord, tu marques un point…

Elle rit et secoua la tête.

— Je veux et je dois travailler avec toi ; ajouter le sexe dans l'équation rend la chose beaucoup plus compliquée. Mais il ne s'agit pas que de sexe, Pasco. Nous avons un passif et nous ne pouvons pas faire table rase avec une nuit torride. Pas plus qu'une heure de conversation ne peut corriger notre divorce.

Pasco poussa un soupir et s'adossa contre la balustrade.

— Parlons de ce qui te tracasse, alors. Tu m'en veux toujours, c'est ça ?

Elle aurait aimé lui dire que, s'il l'avait aimée, il aurait remarqué qu'elle était malheureuse, à l'époque ; il l'aurait vue, elle, en tant que personne, avec ses ambitions, ses désirs et ses projets. Mais, avant qu'elle ne trouve les mots pour exprimer sa rancœur, il avait repris la parole :

— Écoute, Aish, je sais que je ne suis pas doué pour lire entre les lignes. J'aime qu'on me dise les choses telles qu'elles sont. Peut-être que j'aurais compris combien tu te sentais délaissée si tu m'avais fait asseoir, que tu m'avais expliqué tes sentiments par A + B, et que tu avais utilisé des mots simples pour les exprimer. Des mots comme « je vais te quitter si tu ne veux pas faire d'efforts », et « je vais mal », et « aide-moi à nous sauver ».

Il haussa les épaules.

— Et j'étais trop arrogant, je le sais. Trop jeune. Peut-être trop paresseux. C'était plus simple de me dire que nous étions simplement dans une mauvaise passe.

Aisha garda les yeux fixés sur la mer ourlée d'écume. Une part d'elle-même voulait rejeter entièrement la faute sur Pasco.

Mais cela aurait été injuste, elle le savait. Elle lui devait la vérité, une bonne fois pour toutes. Il était enfin ouvert à la discussion. Si elle refusait de communiquer, c'était elle qui se comportait comme une gamine arrogante.

— Toute ma famille est très intelligente, très érudite, Pasco. Ce sont tous des scientifiques. Pour eux, se laisser guider par ses émotions n'est pas une réaction digne de respect. Je suis un ovni chez les Shetty. J'ai toujours eu des difficultés à exprimer mes sentiments verbalement, mais je les ressentais intensément, et je ne savais pas comment vivre avec.

Elle se racla la gorge, mal à l'aise.

— J'ai essayé de communiquer avec eux. Nous abordions nos problèmes avec des approches complètement opposées. Nous ne pouvions pas nous comprendre car ils n'étaient jamais intéressés par ma perspective. J'ai tenté de leur expliquer cette dissonance, mais en vain. À chaque fois, je terminais la conversation avec l'impression que ma différence était une faiblesse et que j'avais toujours tort. Dans le meilleur des cas, je me sentais invisible ; dans le pire, complètement stupide.

Elle osa enfin croiser son regard.

— Je ne savais pas comment m'exprimer, donc j'ai arrêté de le faire. J'ai gardé mes pensées et mes sentiments pour moi toute ma vie. Je sais que cela a joué dans notre mariage. J'ai pensé que, puisque tu m'aimais, tu n'aurais pas besoin que je m'explique. Que tu saurais ce que je ressentais de façon innée.

Pasco lui sourit, mais son sourire était triste. Du pouce, il lui caressa doucement la joue.

— Tu n'as pas de difficultés à t'exprimer, dans ton travail.

— Au début de ma carrière à Lintel & Lily, j'ai été doublée deux fois pour une promotion alors que j'étais de loin la meilleure pour le poste. Miles, ma patronne, m'a fait venir dans son bureau. Elle m'a dit que, si j'avais envie d'avancer dans le milieu, il allait falloir apprendre à communiquer clairement mes désirs et mes forces.

Elle haussa les épaules. Elle avait eu beaucoup de mal à

désapprendre les habitudes de son enfance. Elle avait bien grandi, depuis le temps.

Sous le regard intense de Pasco, elle se sentait vulnérable et mise à nu. Elle avait besoin de prendre ses distances. Si elle prenait du recul, elle finirait par accepter qu'elle avait passé la nuit avec lui, qu'elle avait des torts dans leur divorce et qu'elle les avait admis. Elle se détourna pour retourner vers la chambre, mais il saisit le bord de sa chemise et tira doucement sur l'étoffe. Elle s'arrêta.

— Oui ?

— Où vas-tu ?

— Je vais m'habiller et rentrer. J'ai du travail à St. Urban.

— Tu es en colère contre moi.

Une flamme de frustration dansait dans ses yeux verts. Elle secoua la tête.

— Non… Je suis en colère contre moi-même. J'aurais aimé que tu sois le seul responsable de notre divorce, mais je sais maintenant que j'ai autant de torts que toi. C'est difficile à accepter.

Il inclina la tête. Son sourire était tendre lorsqu'il glissa une main derrière son oreille, dans ses cheveux, le long de cou. Elle frissonna sous sa caresse.

— Nous pouvons disséquer le passé pendant des heures, mais cela ne changera rien, Aisha. Je crois que nous avons le droit de nous pardonner l'un l'autre et de pardonner leurs erreurs aux jeunes idiots que nous étions, par la même occasion. C'est la seule façon d'avancer.

Elle le laissa l'enlacer. Il baissa la tête pour presser sa joue contre sa tempe.

— Pasco…, murmura-t-elle dans un soupir.

— Je ne veux pas me disputer avec toi, Aisha. Nous n'étions que des gamins. Nous avons commis des erreurs. Mais nous sommes plus vieux, maintenant, et, je pense, un peu plus matures. J'aimerais aller de l'avant.

Il posa son front contre le sien.

— Je suis désolé de t'avoir fait du mal.

Elle déglutit, une boule dans la gorge. Que pouvait-elle répondre à cela ? Rien d'autre que la vérité :

— Et je suis désolée de t'avoir fait du mal aussi.

Les fissures qui craquelaient son cœur lui semblaient soudain moins douloureuses, plus près de cicatriser qu'elles ne l'avaient jamais été.

Elle espérait qu'il en était de même pour Pasco.

— Passe la journée avec moi, proposa-t-il en frôlant sa bouche d'un baiser. Je veux boire mon café et regarder la fin du lever de soleil avec toi dans mes bras. Je veux te cuisiner un petit déjeuner puis retourner au lit près de toi. Donne-moi la journée, chérie. Juste quelques heures où nous n'avons pas de passé, pas de futur, pas de travail, pas d'angoisses.

Oh ! elle était tentée ; Dieu savait combien elle était tentée. Elle voulait rester avec lui, plus que tout. Mais faire l'école buissonnière ne rendrait son retour à la réalité que plus douloureux. Elle risquait d'en vouloir plus, toujours plus, plus qu'elle n'était en droit d'en désirer…

Cela faisait si longtemps qu'elle ne s'était pas accordé de pause. Le plaisir d'oublier le temps, d'oublier ses responsabilités, de se concentrer sur son bien-être. Et cette joie serait multipliée si elle la vivait avec le seul homme qui faisait cavaler son cœur, trébucher son souffle, frissonner sa chair.

Peut-être qu'elle avait le droit de rester. Peut-être qu'elle avait le droit à une indulgence, juste une petite indulgence.

— Une journée, Aisha. Fais-toi plaisir.

Elle leva les yeux vers lui et sombra dans ses prunelles. Oh ! comment résister ?

Après le petit déjeuner (des pancakes aux myrtilles accompagnés de miel et d'un beurre au bacon), et une heure sublime passée à faire l'amour lentement et langoureusement, Pasco la quitta en promettant de revenir trente minutes plus tard. Après s'être lavée, elle enfila un T-shirt à manches longues qu'il avait laissé pour elle et retourna au lit. Le nez enfoui dans son oreiller, bercée par son parfum, elle s'endormit presque aussitôt. Elle se réveilla une heure plus tard. Une pile de vêtements l'attendait au pied du lit.

En bâillant, elle les passa en revue et y trouva un jean de designer, une chemise blanche à la coupe masculine, une veste en cuir doux, une ceinture, des chaussettes, des chaussures et même des sous-vêtements. Toutes les tailles étaient parfaites, et toutes les pièces étaient à son goût. Décidément… Pasco avait la mémoire longue.

Elle s'habilla et traversa le couloir – ce mur aurait toujours une place particulière dans son cœur, maintenant qu'il avait servi de support à leurs ébats – pour rejoindre la pièce à vivre. Le soleil brillait. Pasco avait ouvert toutes les portes vitrées, et le roulis rythmique des vagues s'élevait distinctement.

Maintenant qu'elle n'était pas complètement obnubilée par le corps dénudé de Pasco, elle pouvait observer les détails de son intérieur. L'appartement était décoré avec un goût exquis – les canapés crème étaient rebondis et égayés de coussins colorés ; les murs étaient couverts de bibliothèques ; des sculptures et des tableaux, certains modernes, certains anciens, ajoutaient un caractère audacieux à l'ensemble.

La cuisine américaine était située de l'autre côté de l'immense tapis persan. Évidemment, elle était impeccable, et dotée d'appareils dernier cri, de plusieurs fours et d'un énorme frigo. Pasco était posté derrière l'îlot et coupait des légumes. Il lui sourit ; son cœur bondit dans sa poitrine.

— Quoi, tu n'as pas de petite main pour faire ta préparation, de nos jours ?

Pasco rit. Son couteau était toujours à l'ouvrage, mais il ne la quitta pas des yeux.

— Si, mais j'aime mettre la main à la pâte de temps en temps.

— Qu'est-ce que tu fais ? Ça sent très bon.

Elle se glissa sur un tabouret. L'air fleurait l'ail et les herbes.

— J'essaie quelque chose, dit-il en se penchant pour déposer un baiser sur sa bouche. Je suis content que les vêtements t'aillent.

— Merci beaucoup. Je te rembourserai.

Il ignora la proposition et reprit sa préparation. Aisha embrassa la pièce du regard.

— Cet endroit est magnifique, Kildare. Combien de chambres ?

— Trois, et un bureau. J'ai aussi un cellier, une salle de sport, et un sauna à l'étage.

Waouh.

— Quand est-ce que tu as acheté ?

Il versa les oignons coupés dans la poêle qu'il avait posée sur une plaque à induction encastrée dans l'îlot.

— Quand j'ai vendu mon appartement à New York. Je cherchais un endroit avec vue sur la mer. J'ai fait une offre dès ma première visite.

— Et tu as atteint un autre de tes objectifs par la même occasion, déclara Aisha en trempant les lèvres dans le verre de Pasco.

Jus d'orange fraîchement pressé. C'était délicieux.

— Oui… Je crois que la maison de mon ami m'a fait si forte impression parce que sa famille avait tout et que je n'avais rien, dit-il dans un sourire un peu railleur. J'ai toujours été trop compétitif.

Aisha reposa son verre, perplexe.

— Je ne comprends pas… Ta famille est aisée. Ton père est l'un des hommes les plus riches de la vallée, et ta mère est médecin.

Les yeux rivés sur la poêle, Pasco mélangeait les oignons.

— L'homme que j'appelle mon père, et que je considère comme mon père, est en réalité mon beau-père. J'ai pris son nom quand j'ai eu treize ans. Et, oui, il est riche. Mais, avant que ma mère ne le rencontre, nous étions extrêmement pauvres.

— Comment est-ce possible ?

Pasco entreprit de rincer la planche à découper.

— Ce n'est pas une belle histoire, Aisha.

Et c'était une histoire qu'il ne lui avait jamais racontée. Elle ne savait rien de son enfance. Sa curiosité était piquée. Était-ce une marque de confiance nouvelle, d'amitié ?

Pasco se redressa et éteignit la plaque.

— Mon père biologique étudiait le management à l'université, mais il a quitté sa formation en deuxième année. Quand ma mère a obtenu son diplôme, ils se sont mariés, et je suis né peu de temps après. C'est ma mère qui soutenait financièrement notre famille. Mon père s'occupait de moi et de nos finances.

Son ton était amer ; un éclat de colère passa dans ses yeux, et Aisha résista à la tentation de contourner l'îlot pour le prendre dans ses bras. Elle ne voulait pas risquer de l'interrompre.

Après un long silence, il reprit :

— Ma mère avait un bon salaire, mais mon père le gaspillait dans des combines de bas étage. Il a tout essayé – du commerce de lacets à la revente de téléphones portables. Il a monté un *food truck*, une boucherie ; revendu de la monnaie étrangère sur Internet, trafiqué des antiquités.

— Et il n'était pas très doué avec l'argent ? murmura Aisha en tentant de ne pas laisser paraître sa désapprobation.

— Il était incapable de s'investir sérieusement dans quoi que ce soit. Il a commencé à emprunter. Il a dépensé les sous de ma mère. Il se lançait dans un commerce, finissait par s'ennuyer et fermait boutique. Le cycle s'est répété plus de fois que je ne saurais le dire.

— Pourquoi est-ce que ta mère ne l'en a pas empêché ?

Pasco secoua la tête.

— Ma mère est une femme brillante et adorable… mais mon père était son point faible. Elle l'aimait aveuglément. Il passait son temps à lui mentir et à la convaincre que l'amour nécessitait un partage total. Elle considère aujourd'hui que c'est la pire erreur de sa vie, mais à l'époque elle lui a donné tous pouvoirs sur ses finances. Pour quelqu'un comme mon père, c'était le jackpot. Il a réussi à lui cacher ses problèmes d'argent pendant très longtemps, mais je l'entendais crier au téléphone quand elle n'était pas là, je savais que quelque chose se préparait. Il m'a fait promettre de ne rien dire à ma mère, en arguant qu'elle était déjà très stressée, qu'il s'occupait de tout.

— Mais c'était faux.

— Oui.

Il n'en dit pas plus. Les yeux dans le vide, il crispa les mâchoires. Quelque chose de terrible avait dû arriver ; quelque chose qui avait bouleversé sa vie.

— Que s'est-il passé, Pasco ?

Elle chercha son regard, en vain. Il semblait regretter d'avoir commencé cette conversation, mais elle était touchée qu'il en ait eu le courage. Elle laissa le silence s'étirer ; elle ne voulait pas insister s'il décidait de s'interrompre ici. Au bout d'une minute, il hocha la tête et reprit :

— Ses créditeurs ont fini par le retrouver, dit-il d'une voix atone. C'était le jour de mon anniversaire. Tous mes invités étaient là, et les amis de la famille. Nous vivions dans une jolie maison. Mes parents avaient même engagé un DJ. Tout le monde était autour de la piscine quand les créditeurs sont arrivés et ont commencé à enlever les meubles et à confisquer notre voiture.

— Oh non…

— Ils ont tout pris, tout ce qui n'était pas cloué aux murs. L'électronique, la décoration, les bijoux de ma mère, même ceux qui appartenaient à sa famille. Tout était à leurs deux noms. À la fin de la journée, ma mère n'avait plus rien.

Il tenta de sourire, mais il n'y avait pas de douceur dans son regard.

— Tout le monde est parti, paniqué, et nous nous sommes finalement retrouvés seuls, dans une maison entièrement vide. Nous n'avions même plus de bouilloire. Ils avaient vidé le frigo et laissé la nourriture sur le sol de la cuisine, mais nous ne pouvions pas la cuisiner sans vaisselle et sans four.

Aisha prit son visage dans ses mains, horrifiée.

— Comment ta mère a-t-elle réagi ?

Un éclat de colère brûlante froissa le beau visage de Pasco.

— Je n'oublierai jamais… Je n'oublierai jamais l'image de ma mère assise sur le sol du salon, les yeux levés vers mon père. Elle lui a demandé combien il restait d'argent à la banque et il a répondu qu'ils étaient à découvert. Toutes les cartes de crédit étaient plafonnées. Il avait un peu de liquide dans son porte-monnaie, et elle n'avait rien.

Il secoua la tête et croisa les bras.

— Bref. On peut passer à autre chose ?

Il avait les yeux fixés sur la baie vitrée, trop distant maintenant pour qu'elle puisse l'atteindre.

— Tu ne veux pas me raconter la suite ?

— Non, répondit-il d'une voix éraillée par la honte. Je n'y ai pas pensé depuis des années. Je n'en ai jamais parlé à personne. J'en ai assez dit pour aujourd'hui.

D'un geste machinal, il attrapa la poêle sur la plaque et la réserva sous un torchon.

— J'ai la bougeotte. Allons quelque part.

Le salon était gorgé de lumière et s'étendait jusqu'à la mer. Ici, Aisha avait l'impression d'être au bord du monde, légère et libre. Pasco ne pouvait pas se sentir enfermé dans un si bel endroit : mais il voulait fuir sa confession, fuir son passé. C'était aussi ce qu'il cherchait en courant sans arrêt après le succès, n'est-ce pas ?

Une petite part d'elle brûlait d'insister… Mais il lui avait confié un secret ; elle ne pouvait que le remercier pour sa confiance. Elle serra sa main dans la sienne.

— Où veux-tu aller ?

— Dehors. Il fait beau, on est ensemble, on est libres… Est-ce que la destination a une importance ?

8.

Pasco buvait Aisha des yeux. Elle avala un morceau de poisson frit et lui sourit en se léchant les doigts. Derrière elle, la plage de sable blanc s'étendait à perte de vue, caressée par les vagues. Ils avaient posé leur casque sur la table de pique-nique, et leurs bouteilles de bière transpiraient sous le soleil radieux. Elle s'était attaché les cheveux ; le vent jouait avec ses mèches folles. Les lunettes de soleil qu'il lui avait prêtées glissaient sans arrêt sur son adorable nez ; elle avait une tache de graisse au coin de la bouche, et elle émettait des grognements de plaisir à chaque bouchée. Bref, elle allait le rendre fou de désir et de tendresse avant la fin de la journée.

Après lui avoir confessé son secret, ce matin-là (les yeux brun-noir d'Aisha avaient les effets enivrants d'un sérum de vérité), il s'était juré de lui offrir un après-midi de distraction. Au lieu de prendre la voiture, il l'avait fait grimper à l'arrière de sa Ducati pour qu'ils profitent de la magnifique route de Chapman's Peak. Avec Aisha lovée dans son dos, ses bras autour de sa taille, son cœur s'était vite allégé.

À chaque fois qu'ils s'étaient arrêtés, pour prendre un café ou pour admirer la vue, et qu'elle avait retiré son casque et découvert son visage étincelant d'excitation, il s'était demandé comment il avait survécu toutes ces années sans journées comme celle-ci. Des journées faciles, pleines d'amour et de sourires, des journées qu'il aurait voulues éternelles. Électrifié par le rire d'Aisha dans son dos, par l'étreinte chaleureuse de ses bras, il avait poussé jusqu'à la côte et s'était arrêté pour le déjeuner à Pringle Bay, un adorable village situé sur la célèbre route des Baleines. Ils avaient acheté leur *fish & chips* à emporter dans une guinguette pour s'installer sur la plage. Il n'était pas déçu : le merlu était parfaitement cuit, et les frites, délicieusement huilées. Il lécha le sel sur ses doigts et renversa la tête en arrière, caressé par le soleil.

— Mon Dieu, c'est tellement bon, soupira Aisha. Mais parle-moi de la baie. Je ne suis jamais venue par ici.

Pasco embrassa la vue du regard.

— Le village est entouré par les montagnes sur trois côtés, et donne sur l'océan. C'est l'endroit parfait.

Aisha prit une gorgée de bière en hochant la tête.

— Et qui était M. Pringle ?

Pasco rit doucement.

— Tu ne peux l'appeler comme ça, chérie. C'est l'honorable amiral Thomas Pringle. Le village date du début du XVIIIe siècle. Pas très loin, il y a une grotte où se cachaient les prisonniers et les esclaves en cavale.

Aisha écarquilla les yeux.

— Vraiment ? On peut la visiter ?

— Non, elle est sur une propriété privée, maintenant, et elle est dure à trouver. Je crois qu'elle donne sur une crique minuscule et qu'on ne peut l'atteindre qu'à la corde, car elle est creusée dans une façade rocheuse. J'ai lu quelque part qu'un touriste y avait découvert des squelettes dans les années 1890, ou quelque chose comme ça.

Aisha hocha la tête et remonta les genoux sous son menton pour regarder la mer. Lui, de son côté, était heureux de boire sa bière au soleil en la regardant, *elle*.

Son alchimie avec Aisha avait toujours été extraordinaire, mais la nuit dernière avait chamboulé son existence. Elle était plus assurée qu'à dix-neuf ans (évidemment), et il était plus patient (Dieu merci) ; le cocktail avait été explosif. Il pouvait encore invoquer sa saveur sur sa langue, sentir son parfum, la douceur de sa peau… Et les images de la nuit passée suffisaient à le troubler de nouveau.

Il la voulait. Encore. Et encore, et encore. Il la voudrait

toujours. Quelque chose les unissait, quelque chose de brut et de pur. Bien sûr, leur connexion physique était toute naturelle – elle était très belle, belle à faire tourner les têtes… Mais il ne comprenait toujours pas pourquoi il lui avait parlé de son père. Il n'avait jamais avoué ce secret à personne, même pas à Muzi. Il avait laissé son père biologique derrière lui lorsque lui et sa mère avaient déménagé à Franschhoek.

Il avait eu beaucoup d'amantes depuis leur divorce, mais il ne s'était confié à aucune d'entre elles. Il avait toujours fait les choses très simplement : il n'avait pas cherché à les connaître ou à se dévoiler. Quand elles avaient tenté de creuser sous la surface, il avait mis un terme à leur relation. Il n'avait pas le temps de s'investir ; il avait trop de travail.

En règle générale, il ne parlait pas de lui, tout simplement. D'accord, avec Aisha, il avait supporté deux conversations sérieuses à propos de leur divorce (quelle avancée !), mais celles-là étaient absolument nécessaires. Parler de son passé, en revanche… c'était une impulsion qu'il ne comprenait pas. La compassion d'Aisha ne changerait rien à ce qu'il avait vécu. Au contraire, ses aveux le mettaient mal à l'aise, comme s'il était soudain plus vulnérable d'avoir entrouvert sa carapace.

Dieu merci, il n'avait pas avoué le pire à Aisha. Seuls sa mère, son beau-père et son frère connaissaient le chapitre suivant de la saga.

— C'est vraiment très beau, en tout cas. Aussi beau que St. Urban. Merci de m'avoir emmenée ici.

Pasco retomba sur terre et sourit.

— Oui. J'ai envisagé d'acheter un terrain dans les environs quand je suis rentré des États-Unis.

— Pour quoi faire ? demanda Aisha en se tournant vers lui.

— J'avais envie de construire des serres et de diriger un petit restaurant où on servirait des produits de la ferme, près de la nature, sans pression. Retourner à une vie simple, ce genre de choses.

Aisha haussa les sourcils comme si elle n'en croyait pas ses oreilles. Il rit.

— Je sais, je sais. Je suis sceptique aussi. Je serais certainement devenu dingue d'ennui en six mois.

— Non… Je suis surprise de la mélancolie que j'entends dans ta voix. Tu as l'air d'en avoir toujours envie.

Ah… Elle avait vraiment le don de lire dans ses pensées.

— Je travaille mieux sous pression, tu le sais bien.

— Mais est-ce que tu es heureux sous pression ?

— Pardon ?

— Est-ce que tu es heureux ? Est-ce que tu aimes diriger les restaurants du Vane Hotel, de Binta, de Franschhoek ?

La stabilité le rendait heureux. Ses économies, ses bénéfices. Il avait le succès que son père n'avait jamais eu, et il accomplissait le dur travail que son père n'avait jamais accompli. N'était-ce pas suffisant ?

— Bien sûr…, dit-il, mais sa voix était hésitante.

— C'est tout ce que tu as à dire, Kildare ?

Pasco s'essuya les mains, attrapa les vestiges de leur repas et les jeta dans une poubelle toute proche. Au lieu de reprendre sa place, néanmoins, il fit le tour de la table et s'assit derrière Aisha, à cheval sur le banc, les jambes de part et d'autre de ses hanches. Il glissa un bras autour de sa taille et l'attira contre sa poitrine avec un soupir. Elle se laissa aller contre lui.

— C'est une journée parfaite, murmura-t-elle sans hésiter. Je pourrais rester ici à regarder la mer et boire des bières pendant des heures. Tu crois qu'on pourrait voir des baleines ?

— Elles sont plutôt là en juin, dit-il en enfouissant son visage dans ses cheveux, enivré par leur parfum.

Il était déjà 3 heures, et il avait une réunion téléphonique à 5 heures avec Hank, un de ses investisseurs principaux…

Hank n'était pas du genre à l'appeler sans raison. Il travaillait avec lui depuis des années ; c'était lui qui l'avait aidé à monter le premier Pasco's à Manhattan, sept ans plus tôt. Il devait avoir trouvé un nouvel espace et vouloir lui soumettre une idée de concept, sûrement à New York, où il était installé. Hank n'avait jamais accepté que Pasco soit parti et il s'était mis en tête de le faire revenir.

Peut-être était-ce le bon moment. Les restaurants qu'il avait dans la région marchaient bien sans sa présence constante… La seule chose qui le faisait hésiter, c'était Aisha.

Non. Il se raidit. Non, bien sûr que non. Comment pouvait-il penser une chose pareille ? Il se laissait séduire par la romance d'une aventure sans lendemain. Une nuit avec Aisha ne voulait rien dire. Ils s'entendaient bien, oui. Et alors ? Ils avaient laissé passer leur chance.

Aisha allait ouvrir St. Urban puis elle rentrerait chez elle. Chez elle…

— Quand tu auras eu ta promotion, où est-ce que tu veux aller vivre ? demanda-t-il.

Dans ses bras, elle haussa légèrement les épaules.

— Après la soirée que j'ai passée avec ma famille, je pense que la meilleure solution, c'est que je vive aussi loin d'eux que possible. Probablement à Londres.

S'il repartait à New York, ce serait un vol de six heures. C'était aussi une journée de vol de Londres au Cap.

Oh ! Pour l'amour du ciel, pourquoi faisait-il soudain des plans sur la comète ? Il était ridicule. Voulait-il donc continuer de la voir ? Comme dix ans plus tôt, une soirée avec elle avait suffi à lui faire repenser le cours de sa vie. Il se souvenait du soir où il l'avait rencontrée, dans le bar, et de la conviction qu'il avait eue de vouloir être à ses côtés.

Avec elle, il avait toujours vécu plus intensément. Pour elle, il voulait se dépasser. Elle faisait bouillir ses veines, mais elle apaisait son esprit, elle l'inspirait à devenir un homme meilleur. Mais l'émotion qu'elle animait dans son âme le terrifiait déjà à l'époque, et le terrifiait toujours aujourd'hui.

Il avait besoin de se reprendre. De réfléchir. De ralentir.

— Il faut qu'on rentre bientôt, Aisha.

Elle soupira, lui embrassa le poignet et se redressa.

— Oui… Je dois aller chercher ma voiture chez Priya.

— Et j'ai une réunion.

Ils retournèrent à la Ducati et il lui tendit son casque.

— Nous devons encore parler du restaurant, ajouta-t-il.

Elle inclina la tête et arqua un sourcil.

— Je sais, j'ai perdu du temps, fit-il en grimaçant, mais je peux le rattraper. Je vais organiser ma semaine autour de St. Urban, d'accord ? Je pense que je peux m'arranger pour te donner plusieurs journées entières.

— Ce serait parfait. Si tu veux me donner tes week-ends, nous pourrions nous concentrer sur le restaurant à ce moment-là. Je me focaliserai sur l'hôtel pendant la semaine.

— Mes week-ends sont plus occupés que mes semaines. C'est nous qui sommes chargés du repas pour le bal Tempest-Vane, le mois prochain. Tu y vas ?

— Euh… Non. Quel bal ?

— C'est leur bal annuel, pour leur association caritative.

— Je n'évolue pas dans des cercles aussi luxueux, Pasco, et je suis trop occupée pour aller à une soirée.

Pasco lui décocha un sourire nonchalant.

— Ma belle, personne n'est jamais trop occupé pour un bal des Tempest-Vane. Je vais m'arranger pour t'avoir une invitation. Tu te feras des contacts précieux.

— Je vois. Et dis-moi, c'est une invitation professionnelle, ou est-ce que tu veux que je sois ta cavalière, Kildare ? lança-t-elle, rieuse, en enfourchant la moto.

— J'adorerais que tu sois ma cavalière, mais je serai en cuisine jusqu'à 23 heures au moins. Je demanderai que tu sois installée à la table de Muzi et Ro et des Tempest-Vane. Tu ne t'ennuieras pas.

Elle hésitait toujours, il le voyait bien. Il lui fit un clin d'œil.

— Hé. C'est moi le traiteur. Le menu est extraordinaire. Tu sais que tu ne peux pas résister à ma cuisine…

— Pasco… Est-ce que *tu* veux que je vienne ?

En doutait-elle ?

— Bien sûr que oui.

— Super. Dans ce cas, je serai là.

Elle leva un index malicieux et lui sourit à son tour, espiègle derrière la visière du casque.

— Mais seulement pour ta cuisine.

Il rit et secoua la tête.

— Merci beaucoup. Et quand est-ce que tu veux que nous nous voyions pour discuter de St. Urban ?

— Je suis assez libre demain, si c'est possible pour toi.

Son cœur bondit à l'idée de la revoir si vite. Les lundis étaient assez calmes, en général. Les réunions déjà prévues pouvaient être repoussées.

— C'est parfait. Je serai là pour 9 heures.

Il remonta sa visière et posa un baiser sur sa bouche divine avant de resserrer la sangle sous son menton. Elle lui souriait toujours, et le sourire d'Aisha le réchauffait mieux qu'une journée entière sur la plage.

Il démarra dans un vrombissement, les bras d'Aisha autour de sa taille, sa joue contre son dos. Il aurait aimé que cette journée ne prenne jamais fin. Passer du temps avec Aisha était un pur bonheur. Rien ne le rendait plus heureux que de pouvoir la toucher. La faire rire. Écouter sa voix. Sentir son parfum. Parler de choses et d'autres… Le sexe était divin, mais l'intimité de sa compagnie était tout aussi exquise.

Elle était aussi adorable qu'à l'époque, tendre et insolente. Plus forte, néanmoins. Plus assurée. Désormais, il y avait entre eux un équilibre qu'ils n'avaient pas su trouver à l'époque. Il savait qu'elle ne ploierait pas sous le poids de ses fardeaux, s'il osait un jour lui demander de l'aide. Elle était plus assertive. Il était moins arrogant, aujourd'hui – du moins l'espérait-il. Ils étaient capables de se tenir tête et de s'épauler sans fléchir. Oui… Ils pourraient construire quelque chose de spécial, peut-être. D'important. D'intense.

Mais c'était un fantasme bien dangereux.

Finalement, Pasco ne parvint à se libérer pour sa réunion à St. Urban que le mardi. Oui, il était en retard d'une journée entière, mais il avait une bonne excuse : dimanche soir, après sa réunion avec Hank – qui voulait bel et bien lui faire visiter un nouvel espace pour parler d'une idée de restaurant –, il avait appelé Davit, son chef de cuisine au Vane Hotel, et l'avait trouvé la voix enrouée. Pasco, inquiet que Davit ne passe son virus à toute l'équipe, lui avait ordonné de rentrer chez lui. Davit avait refusé car deux autres cuisiniers étaient déjà en arrêt. Pasco n'avait pas hésité : il était parti pour le restaurant ; il avait envoyé Davit chez le médecin, passé sa veste de chef, et s'était mis au travail. Il avait remplacé Davit lundi également, mais heureusement l'équipe avait repris ses effectifs normaux le mardi.

Il était donc là… Avec vingt-quatre heures de retard.

— Bonjour, lança-t-il en entrant dans le bureau d'Aisha.

Mais l'expression d'Aisha ne laissait aucun doute sur son humeur : mâchoires crispées, regard plissé… Il allait passer un sale quart d'heure.

Pasco s'assit en face d'elle et tenta de garder le sourire. Ce matin, elle avait tressé ses cheveux, et des mèches folles encadraient son visage. L'effet était adorable, quoique en totale opposition avec l'irritation évidente qui plissait son front.

— Tu vas bien ?

Elle ne daigna pas répondre.

— Tu es prête à aller voir le cellier ? reprit-il.

Il jeta un œil à sa montre. Il était presque 9 heures. Avec un peu de chance, ils parviendraient à accomplir assez de travail dans les trois prochaines heures pour lui permettre de faire une pause au déjeuner. Il voulait passer en coup de vent à Pasco's Franschhoek et vérifier que tout allait bien. Il avait remarqué que les dépenses avaient augmenté, et les bénéfices, diminué ; il fallait qu'il en parle à son gestionnaire.

Il y avait toujours quelque chose à faire…

Mais Aisha brisa ses méditations :

— Non.

— Oh ? Tu as besoin de combien de temps ? Je peux attendre, hmm, dix, quinze minutes ?

Aisha tourna son écran vers lui et pointa le bloc rouge du lundi sur son emploi du temps :

— Je t'avais réservé mon lundi, dit-elle d'un ton parfaitement neutre. J'ai des rendez-vous aujourd'hui.

Oh… Elle était *vraiment* en colère.

— Je suis désolé, Aisha. J'ai eu une urgence. Tu ne peux pas repousser tes rendez-vous ?

Aisha serra les dents.

— Non.

Il ouvrit la bouche, mais elle leva une main impérieuse. L'Aisha d'il y a dix ans n'aurait jamais fait une chose pareille ; il cligna des yeux, confus, mais se tut.

— Si tu m'avais prévenue, j'aurais peut-être pu m'arranger. Mais tu n'as même pas daigné m'appeler. Tu es vraiment *persuadé* que ton temps est plus important que le mien, hein ?

— Aisha… Le restaurant de Ro est encore au stade de projet. Mes autres restaurants sont ouverts, et, s'il y a un problème, je dois les faire passer avant.

C'était un argument rationnel, non ? Était-il vraiment dans l'erreur ? Il s'agita sur sa chaise, mal à l'aise.

Aisha l'ignorait royalement, les yeux posés sur l'écran.

— Si tu veux, je peux te voir demain à 16 heures ou jeudi à 11 heures, dit-elle.

Pasco retint une exclamation agacée et contourna le bureau pour aller étudier l'écran. Mais non : elle était bien censée rejoindre le gestionnaire du domaine dans quelques minutes pour faire le tour du terrain, et elle voyait un fournisseur de produits et d'appareils d'entretien dans la foulée. Cela dit, celui-ci aurait sûrement accepté de repousser leur rendez-vous, puisque Aisha était une cliente en prospection. Il s'assit sur le bord du bureau.

— Écoute, je suis désolé. J'aurais dû te prévenir. Tu ne veux pas appeler ton fournisseur ? Je suis sûr qu'il voudra bien te voir plus tard.

Aisha leva les yeux vers lui, lentement, et le fixa en silence. Le temps s'étira. Pasco déglutit. Il avait fait une erreur tactique. Une très grave erreur. Il ne savait pas comment, mais apparemment il avait envenimé une situation déjà catastrophique. Un éclat dangereux brillait dans les yeux d'Aisha. Brutalement, avec un crissement aigu, elle repoussa sa chaise et se leva d'un bond.

— Tu es vraiment un abruti, Pasco ! Je n'arrive pas à croire que tu ne t'es pas encore étouffé dans ta propre arrogance !

Il ne savait pas ce qui le surprenait le plus : l'insulte, ou le fait qu'elle élève la voix. Il ne se souvenait pas d'avoir déjà entendu Aisha crier. Pendant leur mariage, elle se rangeait à son opinion rapidement. À l'époque, il aurait parfois souhaité qu'elle lui tienne tête ; mais il avait toujours apprécié qu'elle accepte ses compromis. Travailler en cuisine était une expérience chaotique. Devoir batailler à la maison aurait été insupportable.

Aujourd'hui, néanmoins… Aisha n'avait pas l'air pressée de l'accommoder.

— Comment oses-tu, Pasco ? Tu te pointes comme une fleur quand tu en as envie et tu me demandes d'organiser ma journée autour de tes disponibilités ? Tu ne respectes peut-être pas ma carrière…

— Bien sûr, que je respecte ta carrière ! lâcha-t-il en se levant à son tour.

— Si c'était le cas, tu n'aurais pas annulé notre rendez-vous ! Tu m'as mise au courant une heure après l'horaire convenu, Pasco ! Et ce n'est même pas la première fois !

Elle secoua la tête et balaya l'air d'un geste soudain las.

— Tu sais quoi ? Peu importe. Va-t'en.

— Si, c'est important. Ne t'arrête pas. Je t'écoute.

— Vraiment ? Tu m'écoutes ? Alors voilà : ton attitude est claire. Tu ne me respectes pas, tu ne respectes pas mon temps, mon travail, et ce que j'essaie de créer ici. Si tu me respectais, Pasco, tu ne viendrais pas dans mon bureau uniquement quand tu en as envie, et tu n'exigerais pas que je m'accorde avec *tes* désirs et *ton* emploi du temps.

Pasco grimaça. D'accord. Peut-être qu'il s'était montré un peu égocentrique. Mais c'était aussi parce qu'il voulait être à ses côtés dès qu'il le pouvait ! Il en venait à envier ce fichu fournisseur avec qui elle passerait deux longues heures. Elle lui manquait, elle, et sa voix, et son sourire. Elle lui manquait dans son lit. Elle lui manquait chez lui.

— On avait besoin de moi au Vane Hotel. Mon chef…

— Oh ! je me doute bien que c'est une histoire de restaurant et que ta cuisine passe avant *mon* travail. Ça n'a pas changé.

Sa voix s'était colorée d'amertume, et, pire encore, de dérision. La pique le poignarda avec la précision d'un scalpel. Il cilla, mais aucune défense ne lui vint.

— La prochaine fois, informe-moi à l'avance quand tu ne peux pas venir à une réunion. Je ne vais pas me tourner les pouces en attendant que tu daignes m'accorder ton attention. Apprends à me respecter.

Elle le dépassa et ouvrit la porte de son bureau.

— Je ne peux pas te voir aujourd'hui. Quel créneau t'arrange le mieux pour notre prochain rendez-vous ? Demain à 16 heures ou jeudi à 11 heures ?

Elle ne changerait pas d'avis. Il enfonça ses mains dans ses poches et la rejoignit à pas lents.

— Je te dis ça dès que possible.

— Dépêche-toi, ou je trouverai quelqu'un d'autre à voir.

Pasco poussa un soupir. Elle avait raison. S'il voulait qu'elle revienne dans sa vie, il allait devoir se remettre en question et cesser de se comporter comme s'il était le centre du monde. Il y avait longtemps qu'il vivait seul, à la tête de son petit royaume. Son succès avait encouragé la déférence de son entourage, et en retour il avait pris des réflexes d'enfant gâté. Même si Aisha décidait de ne pas le revoir après son départ de St. Urban, c'était un aspect de lui-même qu'il désirait sincèrement corriger.

— Je suis vraiment désolé, chérie.

Un éclat de surprise traversa le regard d'Aisha. Mais elle ne l'invita pas pour autant à revenir dans son bureau, oh non. Elle hocha la tête et lui claqua la porte au nez.

9.

Pendant le reste de la journée, Aisha s'inquiéta de la violence de sa réaction. Avait-elle laissé le passé colorer son jugement ? Elle aurait pu remettre son rendez-vous avec son fournisseur, Pasco avait raison. Elle et toute son équipe le faisaient souvent. Elle avait refusé par principe, pas par nécessité.

Non, non… Pasco était en tort. Quand elle annulait un rendez-vous, elle faisait toujours son possible pour prévenir et s'excuser du dérangement. Pasco, lui, semblait toujours penser que lui accorder du temps était un privilège dont elle aurait dû se satisfaire. Elle avait été plus impolie qu'il ne le méritait, peut-être, pour contrebalancer toutes les fois où elle avait tenu sa langue dix ans plus tôt.

Elle n'avait plus dix-neuf ans. Elle connaissait sa valeur, et Pasco avait besoin qu'on lui mette les points sur les *i*. Elle était tellement plus forte qu'elle l'avait été à l'époque. Elle ne se laissait plus faire, et c'était une victoire.

Elle sourit dans le noir, sur le chemin du cottage. Il était tard, la journée avait été longue, et le sentier était encore en friche : elle devait utiliser la lampe de poche de son portable pour y voir plus clair entre les arbres. D'une main, elle retira les épingles de sa tresse, puis elle poussa un soupir de bien-être en dénouant ses cheveux. Le vent était froid, à cette heure-ci ; en fin d'après-midi, des nuages gris et l'odeur de la pluie avaient avalé les derniers vestiges du soleil automnal. Elle accéléra le pas. Elle avait hâte d'être chez elle. Elle n'avait plus grand-chose à manger. Tous les jours, faire les courses était remis à plus tard en faveur d'une tâche plus urgente.

Ou de distractions plus attrayantes…

Quand elle n'était pas avec lui à négliger ses responsabilités, elle pensait sans arrêt à Pasco. Elle avait grandement besoin de distance, et de reprendre enfin le contrôle d'elle-même. Quand il était entré dans son bureau, le matin même, son cœur avait trébuché avant de partir au galop. Aucun homme, avant ou après lui, ne l'avait ainsi bouleversée. Elle était furieuse contre lui, et pourtant le courant électrique qui les unissait ne perdait rien de son intensité.

Ce matin, elle l'avait foudroyé du regard alors qu'elle ne désirait qu'une chose : se pelotonner dans ses bras.

Elle poussa un soupir.

Elle ne regrettait pas d'avoir passé la nuit avec lui – comment aurait-elle pu regretter quoi que ce soit alors qu'elle avait adoré chaque minute de leurs étreintes, chaque minute de leur journée ?

Mais cela ne pouvait pas se reproduire. Quand elle le voyait seul, quand elle le voyait en privé, elle voulait toujours plus. Elle en oubliait sa prudence. Et à chaque instant il s'insinuait plus profondément dans son âme.

Elle savait que c'était idiot. Ils n'avaient pas d'avenir. Il ne la verrait jamais comme une égale, il ne ferait jamais de leur couple une priorité, et elle ne voulait plus se contenter du minimum. Ils pouvaient être amis. Collègues. Connaissances.

Aisha grimpa les marches de sa véranda et poussa un cri en voyant une ombre au coin du porche.

— C'est moi, Aisha, dit Pasco sans se lever de la balancelle.

Elle poussa un soupir, le cœur battant. Elle avait déjà retiré ses chaussures à talons pour se défendre et s'enfuir.

— Tu m'as fait peur, Kildare ! s'exclama-t-elle en pressant une main sur sa poitrine. Qu'est-ce que tu fais ici ?

— Je t'attendais.

Elle alluma la lumière du porche. Pasco s'avança. Il avait l'air épuisé et… triste. Elle fronça les sourcils.

— Hé… Qu'est-ce qui ne va pas ? s'enquit-elle pendant qu'il lui empruntait les clés pour ouvrir la porte.

— Il est plus de 11 heures. Tu travailles tous les jours aussi tard ? demanda-t-il en la laissant passer devant lui. Ce n'est pas à cause de moi, pas vrai ?

Il avait l'air sincèrement contrit, et Aisha secoua la tête.

— Non, c'est comme ça tous les jours. Qu'est-ce que tu as emmené ?

Maintenant qu'il était au milieu du salon, elle remarqua qu'il portait une glacière.

— Tu as du vin ? Je t'échange un verre contre du poulet au citron avec des patates et petits légumes rôtis au romarin. Et j'ai aussi une tarte à la noix de pécan.

En réponse, l'estomac d'Aisha gargouilla bruyamment.

Elle savait qu'elle aurait dû refuser. Mais elle était épuisée, elle avait faim, et Pasco… Pasco avait l'air bouleversé. Elle voyait la ligne soucieuse de sa bouche, l'éclat de tristesse dans ses yeux. Elle lui sourit.

— Assieds-toi, Pasco, dit-elle en attrapant une bouteille de vin. Sers-toi un verre. Je vais me changer et je te rejoins.

Il hocha la tête, et il tendait la main vers la bouteille lorsqu'elle s'éclipsa dans sa chambre. Après avoir passé son visage sous l'eau, elle enfila un jogging et un sweat-shirt. Elle jeta un œil au miroir, critique. Ce n'était pas son look le plus glamour, mais peu importait ! Ils allaient juste manger un morceau. Pasco repartirait après le dessert.

Qu'était-il venu faire ici ? Voulait-il simplement lui présenter ses excuses ?

Elle retourna dans le salon, où Pasco avait sorti deux verres et s'occupait de mettre la table. Il testa la température des plats avec le dos de la main et grimaça. Il allait devoir les passer au micro-ondes, apparemment. Aisha n'avait rien contre, mais Pasco détestait réchauffer la nourriture.

— Et toi ? demanda-t-elle en voyant qu'il ne s'était pas servi d'assiette.

— J'ai mangé au restaurant.

Il pivota vers elle et leurs yeux se heurtèrent ; un éclair brûlant vibra entre eux. Il ouvrit la bouche… et ne dit rien. Le micro-ondes sonna. Il secoua la tête et reprit ses préparations.

Il vint déposer l'assiette devant elle. L'odeur riche et épicée de l'ail, du romarin et du poulet rôti lui arracha un murmure d'extase. Elle était affamée. Elle se jeta sur sa portion sans demander son reste. Après quelques minutes à savourer le plat en silence, elle leva les yeux vers Pasco. Il était toujours planté devant le comptoir, son verre laissé à l'abandon sur le plan de travail. Il avait l'air préoccupé et épuisé.

— J'apprécie beaucoup que tu sois passé me nourrir, Pasco, mais je ne sais toujours pas pourquoi tu es venu.

Comme il ne répondait pas, elle ajouta :

— Mais merci beaucoup. C'est délicieux.

— C'était au tour d'un de nos apprentis de cuisiner le dîner de l'équipe. Je trouve qu'il s'en est bien sorti.

Pasco pivota vers la fenêtre de la cuisine. Ses épaules étaient crispées. Il massa un nœud de tension sur sa nuque.

— Pasco, viens t'asseoir.

Il sembla peser le pour et le contre avant d'acquiescer d'un hochement de tête. Face à elle, il tira une chaise et étira ses longues jambes.

— Je suis *vraiment* désolé pour tout à l'heure. Je me suis comporté comme un idiot.

— J'accepte tes excuses. Maintenant, dis-moi. Que se passe-t-il ?

— Mon instinct me souffle qu'il y a un problème dans mon restaurant à Franschhoek depuis un moment. J'ai essayé de mettre ça sur le compte de la paranoïa, mais les bénéfices sont en berne, et les dépenses, en hausse. J'ai été trop occupé pour aller tirer les choses au clair, ces temps-ci.

— Ton comptable ou ton gestionnaire ne peuvent pas s'occuper de ça pour toi ? demanda Aisha en sauçant son assiette avec un morceau de pain.

— Ils m'ont tous les deux dit de ne pas m'inquiéter, que les marges étaient correctes. Ils pensent que c'est une petite baisse temporaire. Et jusqu'à maintenant je faisais totalement confiance à mon gestionnaire, Jason. Je travaille avec lui depuis le début. Il est au-dessus de tout soupçon. Seulement…

Aisha prit une gorgée de vin et s'enfonça dans sa chaise.

— Je suis allé y faire un tour après que tu m'as envoyé sur les roses, ce matin. J'étais en avance, personne n'était encore arrivé pour la préparation. Quand je suis allé m'installer au bureau pour jeter un coup d'œil à la paperasse, quelqu'un a toqué à la porte de service…

Il hésita un instant. Aisha inclina la tête, attentive.

— Que s'est-il passé, Pasco ?

— C'était la femme de Jason. Elle avait un bébé dans une poussette, un autre dans les bras, et elle avait l'air épuisée. Elle avait visiblement pleuré. Elle m'a demandé si Jason était là. Les deux bébés étaient déjà en train de hurler, et elle avait l'air prête à s'effondrer. Je l'ai invitée à entrer, je lui ai fait un café, et elle a fini par me raconter que Jason était parti depuis deux mois et ne lui payait pas de pension. Elle est complètement aux abois, elle n'a plus rien pour vivre. Son propriétaire veut l'expulser. Elle est venue au restaurant en désespoir de cause. Elle a besoin d'argent pour aller chez sa mère.

— Et Jason ?

Le regard de Pasco se durcit.

— Apparemment, Jason a une nouvelle maison, une nouvelle petite amie, et claque tout son énorme salaire pour elle. Il a perdu la tête. Il s'est acheté une nouvelle voiture, des meubles, des vêtements. Et tout ça pendant que sa femme ne peut même pas payer les couches, le lait ou le loyer.

Aisha grimaça.

— Quel salaud…

— Exactement. Je pensais que Jason était mon ami, mais je ne le reconnais pas. Ce n'est pas l'homme que je connaissais et que j'estimais.

— Ce n'est pas ta faute. Tu ne peux rien y faire, Pasco.

Elle secoua la tête.

— J'imagine que tu as donné de l'argent à sa femme ?

— Oui, marmonna-t-il. Je me suis arrangé pour qu'un chauffeur l'emmène jusqu'à Kimberley, chez sa mère. J'ai payé son loyer et je lui ai donné du liquide pour qu'elle puisse acheter ce dont elle avait besoin. C'était le jour de congé de Jason, aujourd'hui. Après avoir aidé en cuisine, j'ai passé les comptes en revue dans son bureau. Je pense que c'est lui qui vole dans les caisses. J'attends qu'il vienne au restaurant demain pour le virer.

— Tu as des preuves ?

— J'ai trouvé des factures suspectes. Elles ont l'air fausses. Je pense qu'il a aussi fait du cumul.

— Qu'est-ce que ça veut dire ?

— Qu'il a utilisé le liquide dans les fonds réservés aux petites sommes journalières sous prétexte de payer des factures déjà prises en charge avec la carte de crédit du restaurant. Je vais soumettre tous les papiers à mon équipe de comptabilité pour qu'ils analysent la situation en profondeur.

Aisha se pencha en avant pour prendre sa main dans les siennes.

— Je suis désolée qu'il t'ait trahi, Pasco.

Il ne releva pas les yeux, mais elle le vit déglutir difficilement.

— C'est mon tout premier employé, tu sais. Nous travaillons ensemble depuis des années. Pourquoi est-ce que les gens en qui j'ai le plus confiance finissent toujours par me décevoir ?

Il ne parlait plus de Jason. Non. Les fantômes du passé avaient pris le dessus. Elle glissa ses doigts entre les siens.

— Tu parles de ton père ?

— La comparaison est facile. Il a fait la même chose.

Elle secoua la tête. Jason avait peut-être rouvert ses plaies, mais il n'avait pas causé sa blessure originelle.

— Tu sais que tu peux m'en parler, n'est-ce pas ?

Pasco libéra sa main et pressa ses paumes sur ses yeux clos, comme pour faire reculer ses souvenirs. En vain. Lorsqu'il rouvrit les paupières, ses yeux étaient hantés de fantômes.

— Ma mère a tout fait pour que leur mariage fonctionne, malgré ses petites manigances. Mais, quand la maison a été saisie, elle a mis le holà. Mon père est resté à la ville et nous sommes partis à Franschhoek. C'était une période très dure pour elle. Je me souviens de l'avoir écoutée pleurer le soir avant de m'endormir. Il continuait de l'appeler sans arrêt, d'essayer de nous voir. Il faisait irruption sur le pas de la porte en pleine nuit et tambourinait jusqu'à ce qu'elle lui ouvre. Ma mère a fini par obtenir une mesure d'éloignement et a demandé le divorce. Elle travaillait sans arrêt pour couvrir le reste de nos dettes. Elle a rencontré John, mon beau-père, mais elle a toujours refusé l'aide financière de quiconque, même de lui ou de sa famille. Elle disait qu'elle avait été stupide et qu'elle en payait le prix, littéralement. Il y a eu quelques visites supervisées de mon père, toutes atroces. Il ne voulait pas vraiment nous voir, il voulait juste nous intimider. Il passait l'heure entière à menacer ma mère pour qu'elle revienne. Et ensuite…

Il fronça les sourcils.

— Ensuite, il a disparu de la circulation. Malgré moi, j'étais blessé. Inquiet. Je me sentais coupable parce que j'avais John, qui était si aimant, si stable, et pourtant je continuais de penser à mon père.

Il haussa les épaules.

— L'année avait été difficile et j'ai dû m'accrocher à l'école. J'ai travaillé comme un fou car je savais que j'allais à Duncan House. Mon grand-père et mes oncles avaient tous fait leur lycée là-bas. Mon grand-père avait laissé de l'argent dans son testament pour nos futurs frais d'inscription. C'est comme ça que je me suis motivé, cette année-là : à la clé de toutes ces difficultés, il y avait une école extraordinaire. Après Duncan House, je savais que j'aurais un avenir solide.

Oh non… Aisha retint son souffle. Elle devinait ce qui allait suivre.

— Quelques semaines avant la rentrée, ma mère a reçu un appel de l'école. Ils voulaient la voir. Nous y sommes allés ensemble, je l'ai attendue dans le couloir. Quand elle est sortie, elle pleurait…

La voix de Pasco s'éteignit. Il secoua la tête avec un sourire amer.

— Ton père a volé cet argent-là aussi ? souffla Aisha.

Il ne la regardait plus ; il avait les yeux fixés sur la fenêtre.

— Ma mère, naïvement, pensait qu'il ne s'abaisserait pas à toucher le compte réservé à mon éducation. Mais il n'a pas hésité, évidemment. Ma mère s'est juste… écroulée. Elle avait perdu sa maison, ses économies, et voilà qu'elle ne pouvait même plus payer l'éducation de ses fils. Elle s'est laissé dépérir pendant quelques semaines.

— Mais tu es allé à Duncan House, remarqua Aisha. Que s'est-il passé ?

Il sourit.

— John a fait un chèque à Duncan House, pour moi et pour mon frère. Ma mère l'a supplié d'annuler. Elle répétait que ce n'était pas à lui de prendre cette responsabilité. Évidemment, il ne l'a pas écoutée. Il a répondu qu'il n'avait pas d'enfants mais nous aimait, nous. Qu'il comprenait pourquoi elle voulait payer ses dettes toute seule, mais que nous étions comme ses fils, et que nous irions à Duncan House.

— Tu as dû être si soulagé…

— Oh ! oui. Mais surtout fou de rage contre mon père. J'avais besoin de le voir, de le confronter. J'ai retrouvé son adresse, je ne sais plus comment. J'ai fait du stop pour aller en ville et je suis allé chez lui. Il vivait dans un vrai taudis. Je m'attendais à une belle maison, vu tout l'argent qu'il avait volé, mais non. Il dormait sur un matelas au sol, avec un sac de couchage. Même pas de frigo. Il avait tout perdu. Il m'a supplié pour obtenir de l'argent, moi, son fils de douze ans. Je suis resté planté là, à me demander qui était l'homme en face de moi, comment il avait pu prendre des décisions aussi stupides. À ce moment-là, je me suis juré de ne jamais devenir comme lui. De devenir son opposé.

Aisha l'écoutait, le cœur battant. Alors voilà pourquoi il était si ambitieux, si déterminé. Voilà pourquoi il s'était toujours démené pour sa carrière. Pasco avait apaisé les souffrances de son enfance en se protégeant de tout ce que son père lui avait infligé. L'obsession de la stabilité, de la productivité, du succès…

Elle ferma un instant les yeux, la gorge nouée de tristesse.

— Oh ! Pasco… Je suis désolée.

— Je ne comprends pas comment Jason peut abandonner sa famille de cette façon. C'est terrible. J'ai tout fait pour que ma famille soit en sécurité pour toujours. S'ils le veulent, ils pourraient arrêter de travailler demain.

— Comment ça ?

— J'ai ouvert un fonds fiduciaire. Si mes parents, mon frère ou toi avez des soucis, il y a des millions de côté pour vous remettre sur pied.

— Pour moi ? Mais pourquoi donc ?

Il haussa les épaules.

— Nous étions encore mariés quand j'ai ouvert le compte. À l'époque, je déposais toutes mes heures supplémentaires dessus. Pourquoi penses-tu que je travaillais autant ? Je voulais m'assurer que tu serais toujours en sécurité.

— Pasco !

Aisha prit sa tête dans ses mains, abasourdie.

Elle n'avait pas besoin d'un sauveur, ni d'un compte rempli de millions ; elle avait besoin d'un partenaire ! Elle avait voulu plus de temps avec lui, plus d'attention, elle avait voulu l'aimer dans l'instant présent, alors même qu'il travaillait en secret à protéger leur avenir. Oh ! Ils s'étaient quittés parce qu'ils s'étaient mal compris, parce qu'ils avaient regardé dans deux directions opposées…

Tout était si clair, soudain. Il s'était comporté de cette façon parce qu'il craignait, plus que tout, de ressembler à son père. Il devait toujours travailler plus, gagner plus, aller plus loin. Elle comprenait son ambition, maintenant. Il n'était pas égocentrique. Il n'était pas motivé par l'arrogance ou l'appât du gain, comme elle l'avait parfois pensé lorsqu'elle s'était efforcée de le détester de loin. Il voulait simplement protéger les siens.

— Pasco, tu n'es pas responsable des fautes de ton père. Ce n'est pas à toi de faire amende honorable.

— Il a volé l'argent de ma mère ! répliqua-t-il.

Elle inspira profondément. Ce qu'elle s'apprêtait à lui dire serait dur à entendre.

— Et elle l'a laissé faire. D'après ce que tu m'as dit, elle a reconnu sa part de responsabilité. Ton beau-père est riche, ton frère gagne bien sa vie, moi aussi… Ce n'est pas à toi d'assurer notre futur. Tu ne peux pas gâcher ta vie sous prétexte que tu veux venir à notre secours s'il nous arrive quoi que ce soit. Tu ne peux pas nous protéger de nous-mêmes. Nos mauvaises décisions et leurs conséquences nous appartiennent.

Il serra les dents, le regard tumultueux.

— Arrête de vouloir contrôler le monde, Pasco. Les gens que tu aimes et qui t'aiment en retour veulent être tes partenaires, tes égaux. Pas tes fardeaux.

Une émotion indéfinissable brûlait dans ses yeux verts. Elle soutint son regard un long moment. Elle avait tout dit. Elle ne pouvait pas lui imposer ses principes. C'était maintenant à Pasco de décider s'il voulait écouter ses conseils.

Finalement, elle se leva, fit le tour de la table et enfourcha les cuisses de Pasco. Instinctivement, il se redressa sous elle et posa les mains sur ses hanches. Elle repoussa doucement ses cheveux en arrière pour regarder son visage offert. Les yeux dans les siens, ses seins pressés contre sa poitrine, elle frôla sa bouche d'un baiser puis mordilla sa lèvre inférieure. Elle était épuisée ; lui aussi. Ils avaient tous les deux besoin de laisser cette horrible journée derrière eux… et elle connaissait un très bon moyen de lui changer les idées.

— Pense à ce que je viens de te dire, d'accord ? murmura-t-elle. Mais plus tard. Pour l'instant, allons dans la chambre.

10.

La préparation du bal des Tempest-Vane avait été infernale, et Pasco était en retard d'une heure sur ses estimations. Il passa sous la douche en coup de vent avant d'enfiler sa chemise blanche et son costume-cravate noir. Il hésita à faire un détour par les cuisines pour vérifier si son personnel suivait bien ses dernières directives avant le service, mais il renonça. On l'appellerait au besoin.

Il avait hâte de retrouver Aisha dans la salle de bal.

Quelque chose avait changé depuis le soir où il était passé chez elle et lui avait parlé de son père. Leur relation s'était approfondie, malgré leur emploi du temps chaotique. Il avait ruminé longuement ses conseils.

Il devait admettre qu'elle avait raison. Seulement, changer les habitudes avec lesquelles il s'était protégé pendant toute une vie mettait son self-control à rude épreuve. Il avait besoin de protéger les siens ; comment aurait-il pu ne pas s'inquiéter pour ses proches ?

Il se glissa dans l'ascenseur, le sang bouillant d'excitation. Les dernières semaines avaient été terriblement chargées, mais lui et Aisha étaient parvenus, tant bien que mal, à se retrouver tard le soir pour se quitter très tôt le matin. Lorsqu'ils n'étaient pas ensemble, ils s'appelaient au coucher et au réveil. La voix chaude d'Aisha avait illuminé ses journées quand il ne pouvait la tenir dans ses bras.

Leur emploi du temps effréné n'était pas idéal, bien sûr, mais ils tentaient de prendre en compte les disponibilités de l'autre quand ils le pouvaient. Ils communiquaient mieux, c'était certain. Et le sexe… Le sexe était spectaculaire. Plus incroyable que jamais.

Et pourtant il se sentait constamment frustré. Constamment affamé. Il en voulait plus. Il voulait plus de temps, plus de sexe, plus de conversations, plus d'intimité, plus, plus, plus.

Pasco ne savait pas comment gérer son agitation. Dix ans plus tôt, travailler jour et nuit avait fait bouillonner son esprit et ses veines. Au travail, il avait le contrôle et il se sentait à sa place. Mais aujourd'hui… il savait que son travail ne comblerait pas ce manque incompréhensible.

Il avait passé le dernier mois dans l'œil du cyclone. Hank l'avait bombardé de vidéos d'un immense hangar où il rêvait d'aménager un restaurant extraordinaire. Ses producteurs attendaient aussi sa réponse pour une nouvelle saison de sa série télévisée. Sur place, il avait divisé son temps entre le Pasco's du Vane Hotel, celui de Franschhoek, où il avait établi un nouveau gestionnaire, et le pop-up de St. Urban.

Il n'était pas passé à Binta depuis des semaines, et il avait négligé le développement de sa ligne d'accessoires culinaires. Et, s'il était honnête avec lui-même, il était chaque jour plus tenté de tout envoyer valser pour passer ses journées avec Aisha. Cuisiner avec elle. Aller au cinéma. Regarder le soleil se coucher derrière Simonsberg avec un verre de vin à la main et Aisha sur ses genoux.

Avoir un chien.

Rester au même endroit.

Profiter de chaque heure, chaque jour.

Il se frotta le visage, surpris par ce désir de confort domestique qu'il ne se connaissait pas. Il n'avait jamais désiré cette vie qu'avec une seule femme. *Sa* femme.

Non. Son ex-femme.

Ces fantasmes trahissaient-ils un désir réel ? Des projets viables ? Ou était-il simplement épuisé ?

Une petite voix lui soufflait que son premier choix avait été le bon, toutes ces années plus tôt. C'était incurablement romantique, mais pourquoi se mentir ? Aisha était faite pour lui. Tout ce qu'il désirait, tout ce qu'il avait toujours désiré, c'était Aisha.

Seulement, voilà : ils avaient déjà essayé. Et ils avaient lamentablement échoué.

Même si, par miracle, Aisha acceptait de leur donner une chance, comment parviendraient-ils à rester ensemble ? Elle allait décrocher sa promotion, il n'avait aucun doute à ce sujet. Elle était brillante. Si elle déménageait à Londres comme elle l'avait prévu et qu'il partait pour New York, ils ne se verraient que rarement. La lassitude remplacerait l'excitation. Les voyages incessants finiraient par peser sur leur couple.

Et, quoi qu'il en soit, il ne voulait pas vivre séparé d'elle. Il voulait la voir tous les jours, sous tous les angles, dès le réveil. Il la voulait à ses côtés, dans son lit, dans sa cuisine, dans ses bras. Il voulait une vie avec elle, pas des instants volés.

Mais pour cela il faudrait que l'un d'entre eux fasse d'énormes sacrifices. Il devrait abandonner ses projets, ou elle devrait refuser sa promotion. Et ces options n'étaient pas viables, il le savait. Aisha avait travaillé trop dur, et, la dernière fois qu'il avait pris un congé, il était devenu infernal.

C'était sans issue.

Pourquoi les relations étaient-elles si compliquées ? Voilà pourquoi il les avait évitées pendant toutes ces années. Oh ! et aussi, sans doute, parce qu'il était toujours et incurablement amoureux de sa femme.

Il n'avait jamais cessé de l'aimer.

Avec un soupir, il entra dans l'immense salle de bal décorée d'or et d'ivoire et se mit immédiatement en quête d'Aisha, à travers l'océan de robes et de costumes. Le bleu marine et le gris anthracite étaient en vogue cette année ; au cœur de ces nuances sombres, Pasco entrevit un mouvement de rose éclatant et retint son souffle. Elle était là. Près de la piste de danse, en pleine conversation avec Muzi, vêtue d'un superbe sari fuchsia accompagné d'une ceinture et d'une courte blouse diaphane richement brodée de pierreries. Le décolleté dévoilait la naissance de ses seins sublimes, et la robe soulignait l'étroitesse de sa taille et l'éclat de sa peau.

Il se força à avancer, le cœur battant. Lorsqu'il l'atteignit, il remarqua l'exquis bindi d'or placé entre ses sourcils. Ses lourds cheveux noirs cascadaient dans son dos, brillants comme de la soie. Elle était absolument magnifique.

Le rire de Muzi, accompagné d'un petit coup de coude d'Aisha, le ramena sur terre. Il était resté planté là à la fixer comme un idiot trop longtemps. Les joues rosies, elle lui sourit, un sourire intime et complice, avant qu'il ne se tourne vers Muzi pour lui serrer la main.

— Comment va Ro ?

— Elle fait au mieux, répondit Muzi en grimaçant. Et il se fait tard, je vais aller la rejoindre.

— Appelle-nous s'il se passe quoi que ce soit, dit Pasco en lui tapant chaleureusement l'épaule.

— Bien sûr.

Muzi les quitta et Aisha sourit en le regardant traverser la salle de bal au pas de course.

— Il est fou d'elle, hmm ?

— Complètement.

Aisha attrapa une flûte de champagne sur le plateau d'un serveur et Pasco commanda un whisky. Elle embrassa l'assemblée du regard.

— Et toi, tu veux des enfants ?

Il n'était pas surpris qu'elle pose la question : il l'avait vue observer le ventre de Ro avec curiosité plusieurs fois, ces dernières semaines.

— Je n'y ai pas beaucoup réfléchi. Mais, si j'en avais, je voudrais les avoir avec toi.

Aisha étouffa une exclamation de surprise.

— Pardon ?

— Tu m'as entendu.

— Je… Mais… Toi et moi, nous sommes juste…

La flûte trembla entre ses doigts. Il l'attrapa et la plaça sur une des tables d'appoint pour prendre ses mains dans les siennes. Elle le regardait toujours, les yeux emplis d'émotion et d'angoisse. Il effleura sa tempe d'un baiser en inspirant au passage son parfum enivrant.

— Juste des ex ? Des amants ? Des amis ? Nous sommes tout ça et bien plus.

— Qu'est-ce que cela veut dire, « plus » ? murmura Aisha, les yeux fixés sur lui.

Il l'attira sur la piste de danse et au creux de ses bras. Leurs corps, comme toujours, bougeaient sans effort à l'unisson. Il cala sa joue contre ses cheveux soyeux et ferma les paupières.

— Nous devrions en parler. De nous. Accepterais-tu de réécrire les règles de notre relation ?

Ses mots étaient assurés, mais sa voix avait tremblé. Il était nerveux. Il retenait son souffle. Son cœur s'était suspendu. Il attendait un non fracassant, mais il priait pour un oui. Il priait…

— Oui, murmura-t-elle.

Oh ! Dieu merci. Son corps se détendit enfin.

— Nous pourrions peut-être aller au restaurant samedi. Je connais l'endroit le plus romantique de la terre. Ce serait un bon début pour discuter de nos options…

Elle ne répondit pas immédiatement. Il la sentait tendue contre lui. Il se redressa légèrement pour voir son visage. Ses yeux sombres brillaient trop vivement. Était-ce de l'excitation ou de la terreur ? Il lui caressa doucement la joue.

— Seulement si c'est ce que tu veux aussi, chérie.

— Je ne sais pas ce que je veux, Pasco, murmura-t-elle en pressant son front contre son épaule. Après toutes ces années… mes sentiments me font peur.

— Je sais. Moi aussi. Mais peut-être que nous pouvons trouver une solution, ensemble, répondit Pasco en l'attirant plus près, en la serrant plus fort.

Mercredi en fin d'après-midi, assise dans son bureau, Aisha tentait de se concentrer sur les CV de candidats… mais sans succès. Après avoir lu trois fois la même lettre de motivation pour le poste de manager, elle laissa retomber le dossier sur la pile et enfouit son visage dans ses mains.

Elle était bien trop nerveuse pour être efficace.

Pasco voulait parler de leur relation. Elle n'arrivait pas à y croire. Elle avait une *relation* avec son ex-mari. Comment était-ce arrivé ? Elle s'était promis de ralentir à chaque étape… Et elle avait lamentablement échoué !

Règle numéro un, ne retombe pas amoureuse de ton ex. Elle avait cessé de suivre les règles depuis longtemps. Elle avait cessé de *réfléchir* depuis longtemps. Comme d'habitude, sa cervelle s'était mise en veille dès qu'elle était entrée dans le périmètre de Pasco Kildare !

Elle appréciait son approche, néanmoins. Cette fois-ci, il voulait communiquer. Plus de faux-semblants. Pour qu'ils restent ensemble, il était prêt à jouer cartes sur table.

Mais elle devait garder la tête froide. Elle avait encore quatre mois à passer dans ce pays et, si elle obtenait sa promotion, elle devrait choisir de déménager à Londres ou à Johannesbourg. Et, si elle n'était pas promue, elle continuerait à voyager sans arrêt – le prochain projet de Lintel & Lily l'enverrait sûrement au Canada.

Quoi qu'il en soit, elle serait à des kilomètres de Pasco. Et, oui, certains couples parvenaient à gérer la longue distance, mais elle et Pasco n'y parviendraient pas, elle en était certaine. Ils étaient trop occupés, trop impatients pour gérer des séparations constantes. Ils étaient plus matures aujourd'hui que quand leur couple avait explosé, mais ils peinaient déjà à trouver du temps l'un pour l'autre lorsqu'ils étaient dans la même ville. Comment s'organiseraient-ils avec la distance et le décalage horaire ?

Elle voulait être avec lui. À ses côtés. Mais comment ?

Sur son écran, l'alerte d'un appel vidéo apparut. Ravie de la distraction, Aisha décrocha sans regarder l'identifiant… et retint une grimace en voyant sa mère apparaître dans le cadre vidéo. Erreur de débutante.

— Ah… Bonjour, maman.

— Je t'appelle pour savoir si tu peux venir dîner samedi prochain. Toute la famille sera là.

Une fois, juste une fois, Aisha aurait adoré que sa mère commence une conversation en demandant de ses nouvelles.

— Je ne crois pas que je puisse me libérer, maman.

— Pourquoi ?

Aisha inspira profondément.

— Parce que vous m'avez pratiquement ignorée à l'anniversaire d'Oscar, et que les seules interactions que nous avons eues ont été désagréables ou mesquines. Toute la famille dénigre mon opinion dès que j'ouvre la bouche. Vous vous porterez sûrement mieux si je ne suis pas là.

— Quoi ! Aisha, c'est complètement faux !

Oh ! pitié. Elle avait toujours fait attention à ne pas brusquer sa mère, mais elle n'avait ni le temps ni l'énergie de faire des ronds de jambe, aujourd'hui. Elle en avait assez, assez de taire ses griefs pour protéger l'hypocrisie des Shetty.

— Aisha, tu es notre fille…

— Vraiment ? Pourtant, vous m'avez toujours traitée comme le vilain petit canard, et je n'ai jamais, *jamais* eu l'impression de faire partie de la famille. Cela n'a pas changé.

— Aisha !

L'exclamation mortifiée de sa mère ne suffit pas à l'arrêter.

— Maman, arrête. Je ne suis pas une intellectuelle, je le sais. Je ne fais pas partie de la meute. Mais je ne suis pas une idiote pour autant !

— Personne ne pense que tu es idiote.

— Bien sûr, répliqua Aisha en ricanant. Et pourtant vous ne m'avez jamais traitée comme si je faisais partie de la famille.

— Ce n'est pas vrai !

— C'est vrai si je le ressens comme ça, maman !

Cela faisait un bien fou de verbaliser enfin son amertume. Elle avait l'impression de drainer le pus qui empoisonnait encore ses vieilles blessures. Sa mère, sur l'écran, croisa les bras et leva le menton.

— Eh bien, si c'est que tu *ressens*, je ne vais pas te supplier de changer d'avis.

— Ce n'est pas comme ça que ça marche. Les relations sont

réparables, mais pour cela il faut communiquer et accepter de faire des compromis. Si tu refuses la conversation, comment veux-tu que nous avancions ?

— Je ne…

— Pense à ce que je viens de dire et parles-en avec papa. Nous pourrions d'abord nous voir tous les trois pour dîner et apaiser les tensions. Mais cela ne fonctionnera que si vous acceptez d'être honnêtes.

— Je vais voir avec ton père, marmonna sa mère.

C'était plus qu'Aisha n'aurait osé espérer. Sa mère raccrocha sans ajouter quoi que ce soit, et Aisha laissa tomber sa tête dans ses bras. Elle avait réussi ! Elle avait dit ce qu'elle avait sur le cœur ! Elle se sentait déjà plus forte, plus légère. Elle était sur la bonne voie : elle prenait ses responsabilités et forçait les autres à accepter les leurs. Elle parvenait enfin à prendre soin d'elle-même.

Et c'était une sacrée victoire.

Un autre appel fit sonner l'ordinateur. Elle se redressa et cliqua sur l'icône. L'adorable sourire de sa patronne apparut dans le cadre vidéo, et Aisha poussa un soupir de soulagement. Son travail était une véritable bénédiction, par rapport au chaos de sa vie privée.

— Miles ! Comment vas-tu ? s'exclama-t-elle.

— Oh ! Aisha, tu as l'air épuisée. Tu travailles trop, je parie. Est-ce que tu fais des nuits complètes ?

— J'ai beaucoup de choses à faire, dit Aisha en riant.

— Et le restaurant ? Pas trop de complications ?

Miles, sous ses airs de businesswoman sophistiquée, était une vraie mère poule.

— C'est prenant, mais je suis dans les temps.

Pasco et elle n'avaient pas manqué de distractions, mais ils avaient trouvé un rythme satisfaisant, maintenant. Aisha n'avait pas l'intention de décevoir Ro.

— Je sais que c'est un énorme projet pour le temps imparti. Tu es sûre que tu ne veux pas que j'envoie de l'aide ?

— Je te le dirais si j'étais submergée, Miles. Tout va bien, je te le promets.

— D'accord, je veux bien te croire, mais ne te tue pas à la tâche, dit Miles en grimaçant. Je t'appelais pour te dire que mon père et moi descendons à Johannesbourg demain soir. Nous avons prévu une réunion stratégique vendredi toute la journée et samedi matin. Samedi soir, mon père organise un dîner avec les cadres haut placés de Lintel & Lily et les partenaires du conseil. Il aimerait que tu sois des nôtres.

Une invitation à dîner chez le président du conseil ? C'était une première. Aisha se redressa dans son fauteuil, le cœur battant. Était-ce le signe que ses supérieurs considéraient sérieusement sa promotion ?

— Ce serait…

Oh ! non. Elle s'interrompit. Elle avait promis à Pasco de le voir samedi soir. Il avait fait jouer ses relations pour leur réserver une table dans un des restaurants les plus spectaculaires du Cap, et ils devaient avoir une conversation sérieuse sur leur couple…

— Ah. Tu as déjà quelque chose de prévu, devina Miles.

— Oui, mais je vais annuler.

— On dirait que ça te tient à cœur… Rendez-vous galant ?

Aisha hocha la tête. Voir Pasco était-il aussi important que son travail ? Elle aurait aimé pouvoir répondre non sans hésiter… Mais elle en était incapable.

C'était la différence entre elle et Pasco. Il n'hésitait pas à faire passer sa vie professionnelle avant tout…

Elle devait tout de même mettre de l'eau dans son vin : il était bien plus à l'écoute, aujourd'hui. Quelle ironie, qu'elle soit maintenant dans la position inverse, forcée de devoir choisir entre lui et son travail.

Elle ne pouvait pas refuser cette invitation. Pasco comprendrait. Ils trouveraient un autre moment pour se voir.

— Remercie ton père, Miles. Je serai là samedi.

Mais Miles secoua la tête, le visage pensif.

— La réunion sera finie d'ici samedi midi. Si tu prends l'avion juste après, tu peux être rentrée pour ton rendez-vous.

— Quoi ? Non ! s'exclama Aisha, consternée. Je serai là pour le dîner, Miles.

— Ce n'est qu'un repas professionnel, Aisha, pas un référendum sur ta performance. Tu ne rateras rien, je te le promets. Tu sais que je suis une fervente défenseuse d'un bon équilibre entre le travail et le temps libre. Toi, par contre, tu travailles trop et tu ne prends jamais de temps pour toi. Alors va à ton rendez-vous, et profite.

— Ton père va m'en vouloir, déclara Aisha.

Les désirs du père de Miles étaient des ordres. Aisha remerciait souvent le ciel que Miles soit sa patronne plutôt que son père, et que Miles reprenne le flambeau quand Aisha serait promue. Mais en attendant…

— Aisha, je respecte ton éthique professionnelle, vraiment. Mais tu es accro au travail, vois les choses en face.

Quoi ? *Elle*, accro au travail ? Non, c'était ce qu'elle reprochait à Pasco…

— Je m'inquiète pour toi parce que tu ne t'inquiètes pas assez pour toi-même. C'est toujours moi qui insiste pour que tu prennes des congés, moi qui te pousse à demander des augmentations alors qu'elles sont amplement méritées. Je suis enchantée de t'entendre dire que tu vois quelqu'un. Si cette personne compte à tes yeux…

Aisha détourna le regard. Bien sûr, que Pasco comptait à ses yeux. Il avait toujours compté… Il compterait toujours.

— Il est aussi au Cap ?

— Oui, marmonna Aisha en se demandant pourquoi Miles posait la question.

— C'est sérieux ?

Sa patronne était vraiment têtue comme une mule. Maintenant qu'elle avait Pasco en ligne de mire, elle ne lâcherait pas prise. Autant cracher le morceau.

— C'est mon ex-mari. Nous étions très jeunes quand nous nous sommes mariés. Nous nous sommes séparés au bout d'un an. Mais nous nous sommes retrouvés récemment et… C'est compliqué.

Miles écarquilla les yeux.

— Je ne savais pas du tout !

— Je n'en parle pas, dit Aisha en haussant les épaules. Lui aussi a une vie un peu chaotique, mais nous étions censés aller à Michel's samedi soir pour parler de notre couple.

Miles émit un sifflement admiratif.

— Michel's, hmm ? Chanceuse ! J'ai attendu des mois pour avoir une table. Bon, en tout cas, c'est décidé, tu ne peux pas annuler. Prends l'avion samedi après-midi.

— M. Lintel ne comprendra pas.

— Je m'occupe de mon père. Je vais être honnête avec toi, il n'est pas convaincu que tu sois prête pour la promotion, mais moi, si. Si je suis P-DG, je veux que ce soit toi, ma directrice des opérations.

Aisha savait que M. Lintel avait des doutes, mais entendre confirmer ses soupçons lui arracha une grimace. Vraiment, elle aurait dû annuler son rendez-vous avec Pasco et aller au dîner de l'agence…

— Non, non, non, ajouta Miles en la pointant d'un index menaçant de l'autre côté de l'écran. N'y pense même pas. Tu as le droit d'avoir du temps pour toi, Aisha. Et, si un homme est fou de toi et veut construire une vie au Cap avec toi, nous avons des options. Si le covid-19 nous a appris une chose, c'est que le travail à distance est parfaitement possible.

Aisha poussa un long soupir, l'esprit en ébullition. Elle se sentait… soulagée, confuse, et étrangement triste.

— Je t'en suis très reconnaissante, Miles, vraiment. Mais je ne sais pas si ma relation avec Pasco a vraiment un avenir. Nous avons eu beaucoup de problèmes…

— Les relations ont toujours des problèmes, Aisha. Ce qui compte, c'est la façon dont vous abordez les obstacles, pas l'obstacle en lui-même. Si vous vous aimez dans les moments difficiles, vous vous aimerez d'autant plus quand la difficulté sera dépassée.

Aisha haussa un sourcil sceptique.

— Tu tires ça d'où, de ton prince danois ?

— Non, du mariage de mes parents. Ils fêtent leurs trente-cinq ans l'année prochaine.

— D'accord, d'accord. Tu as gagné. Je te vois vendredi à Johannesbourg, OK ?

— Parfait, dit Miles dans un rire.

À cause de la malversation de Jason, Pasco travaillait au restaurant de Franschhoek ce mercredi-là, et, comme un car de touristes britanniques venait d'arriver, il avait peu de chances de pouvoir s'échapper avant le milieu de la nuit. La cuisine était en plein chaos, les Anglais, d'humeur festive, et les serveurs, au bout du rouleau. Il avait encore mille choses à faire lorsqu'il passa rapidement dans la salle de restaurant et remarqua Aisha assise au bar.

Elle était là…

À cause de leurs semaines effrénées, il ne l'avait pas vue depuis le bal, le week-end précédent, et ne serait pas disponible avant samedi. Même maintenant, avec le restaurant bondé, il ne pouvait pas envisager de s'asseoir avec elle et profiter de sa présence.

Il étouffa un juron. Le monde pouvait bien s'effondrer, mais rien ne l'empêcherait de la voir samedi soir.

Il lui fit signe de loin, mais n'arriva à sa hauteur que dix minutes plus tard, après avoir été accosté par deux habitués et une serveuse. On conspirait décidément pour tester sa patience.

Elle lui sourit lorsqu'il se pencha enfin vers elle. Tendrement, il l'embrassa sur la tempe, puis lui attrapa la main.

— Viens avec moi, murmura-t-il.

Aisha le suivit à travers le restaurant jusqu'à son bureau ; il referma la porte derrière eux. Il fit volte-face. Avec un petit rire, elle attrapa langoureusement sa nuque lorsqu'il captura ses lèvres dans un baiser fiévreux.

Il ne pouvait pas lui résister. Pourquoi faisaient-ils passer leur travail avant leur couple alors qu'ils étaient tout l'un pour l'autre, alors qu'il ne se sentait jamais plus vivant que dans ses bras ? Elle glissa sa langue entre ses lèvres et il caressa son sein à travers le tissu fin de son T-shirt. Le désir embrasa son bas-ventre quand elle gémit contre sa bouche, un son grave, venu de la gorge. Ses mains avaient quitté ses épaules pour descendre le long de son torse, de son ventre, jusqu'au relief de son érection, douloureusement restreinte par son jean…

Trois coups à la porte le ramenèrent brutalement à la réalité. Il sursauta, le souffle court.

— Une minute ! s'exclama-t-il d'un ton menaçant.

Les pas s'éloignèrent. Dans le silence, ils échangèrent un sourire et reprirent immédiatement le baiser là où ils l'avaient laissé. Il avait cru qu'il ne pourrait pas voir Aisha aujourd'hui ; le reste du monde pouvait bien lui donner cinq petites minutes de bonheur après une journée épuisante. Ou trente minutes. Ou deux jours…

Il retroussa le T-shirt d'Aisha, abaissa le bonnet de son soutien-gorge pour taquiner son téton de sa langue, et sourit en la sentant agripper ses cheveux. Il aimait tant la toucher… La sentir vibrer avec lui… Il ne se lasserait jamais d'elle, de son corps, des bruits de son plaisir. Il cala sa cuisse entre les siennes pour qu'elle se presse sur lui, pantelante et gémissante.

Il entendait le besoin dans sa voix. Il voulait passer sa main dans sa culotte et sentir sa chair brûlante…

— Patron ? lança une voix derrière la porte.

On toqua de nouveau.

Pasco releva la tête, les dents serrées.

— Quoi ?

— Un autre bus vient d'arriver. Nous avons besoin de plus de main-d'œuvre au bar.

Il ferma les yeux et posa son front contre celui d'Aisha.

— Je voulais juste une demi-heure avec toi, souffla-t-il en l'enlaçant. Une petite demi-heure.

Aisha lui caressa la joue.

— Mauvais timing. En parlant de ça, pour samedi…

Pasco grimaça en voyant son air penaud.

— Oh non. Tu dois annuler ?

Son cœur se serra de déception. Éprouvait-elle le même sentiment à chaque fois qu'il avait annulé à la dernière minute ? Il comprenait pourquoi elle avait si mal réagi.

— Non, non. J'ai juste un contretemps.

Pasco poussa un soupir de soulagement. Aisha lui expliqua qu'elle avait une réunion à Johannesbourg et qu'elle ne prendrait l'avion qu'à 16 heures le samedi.

— J'ai été invitée au dîner que mon patron organise chez lui ensuite. Je devrais y aller, mais…

Il lui sourit, touché. Elle faisait des sacrifices pour le voir samedi soir.

— Merci, chérie. Tu veux que je repousse la réservation à 20 heures ?

— Ce serait parfait.

— Je peux venir te chercher à l'aéroport ?

— Non, non, j'aurai ma voiture dans le parking. Je te rejoindrai chez toi, à Fresnaye, si ça te va.

— Bien sûr. Je vais demander 20 h 30, pour que tu puisses prendre ton temps.

— Merci, dit-elle en levant les yeux vers la pendule du bureau. Tu devrais y aller, Pasco. Ils t'attendent.

Ils l'attendaient, mais Pasco voulait savoir pourquoi Aisha avait l'air si épuisé, pourquoi ses yeux étaient emplis d'inquiétude, et sa nuque, raide de tension.

— Hé, Aish. Tout va bien ?

— Oui, bien sûr, prétendit-elle.

Elle détourna le regard, et il fronça les sourcils. Était-elle préoccupée à cause de lui ? Lui aussi avait passé chaque nuit à se tourner dans son lit, hanté par le doute. Comment parviendraient-ils à vivre ensemble sans que l'un d'entre eux n'abandonne sa vie ? Ils aimaient tous les deux leurs projets, leurs ambitions. Sauraient-ils trouver un équilibre ?

Il secoua la tête. Il entendait le tumulte du restaurant jusqu'ici. Il était temps de se remettre au travail.

— Bon. J'y vais. À samedi ?

Elle hocha la tête et l'embrassa une dernière fois. Il se força à rompre leur baiser avant de perdre de nouveau le contrôle. Bon Dieu, il avait hâte d'être au week-end.

11.

Aisha se retint de regarder encore une fois sa montre. Il était plus de neuf heures et demie. Elle était attablée chez Michel's depuis quarante-cinq minutes. À attendre Pasco. Elle évitait précautionneusement le regard de sa serveuse ; si elle voyait encore une fois de la compassion dans ses yeux, elle risquait de piquer une crise de nerfs.

Peu de gens avaient l'audace d'oublier leur cavalière dans un restaurant aussi huppé que Michel's… Mais Pasco ne faisait rien comme tout le monde.

Aisha pressa son front las contre sa main. Quelle parfaite conclusion à une journée infernale. La réunion avait duré bien plus longtemps que prévu et elle avait aperçu l'expression ténébreuse de M. Lintel lorsqu'elle s'était excusée de ne pas rester pour dîner. Elle avait attrapé son vol in extremis ; l'hôtesse appelait son nom dans l'Interphone du terminal lorsqu'elle était apparue, en nage et à bout de souffle, son sac brinquebalant à l'épaule.

Finalement, l'appareil n'avait pas décollé immédiatement à cause d'un autre avion sur la piste. En entendant qu'elle atterrirait au Cap avec trente minutes de retard, elle avait appelé Pasco pour le prévenir. Il n'avait pas décroché. Elle lui avait envoyé un mail et des SMS. Il n'avait pas répondu.

Elle n'avait toujours pas de nouvelles à son arrivée. Elle l'avait appelé de nouveau, sans succès. Avait-il perdu son portable ? Dans le doute, elle avait contacté Michel's pour vérifier que leur réservation était toujours d'actualité. Pasco n'avait rien annulé. Comme elle n'avait pas le temps de passer par Fresnaye, elle était partie directement pour Michel's, en espérant, idiote qu'elle était, qu'il l'attendrait là-bas.

Lui était-il arrivé quelque chose ? Était-il blessé ? Pourquoi n'avait-il pas rappelé ? Pour l'amour du ciel, où était-il donc ?

Il allait finir par arriver… Elle pouvait attendre encore un peu. Dix minutes. Juste dix minutes. Elle avala une gorgée de vin et laissa son regard voguer sur la mer, derrière les hautes baies vitrées. Les spots incrustés dans le toit du restaurant illuminaient les pierres de la crique et l'écume de la houle tumultueuse.

Elle poussa un soupir. Avec Pasco aussi, la vie était une série de vagues brusques dans lesquelles il ne fallait pas sombrer. Comment avait-elle pu déroger à sa règle principale ? Elle s'était juré de garder ses distances, de ne pas retomber amoureuse de lui.

Quelle idiote !

Elle n'avait jamais désiré qu'une chose : une union respectueuse. Un équilibre. Elle voulait prendre des décisions avec lui. Elle voulait qu'il respecte sa carrière et qu'il la soutienne. Elle voulait qu'ils puissent passer du temps ensemble, autant de temps qu'ils le désiraient, et qu'ils partagent leurs passions.

Mais il ne lui avait jamais offert que des minutes volées.

Il fallait voir les choses en face : s'ils décidaient de rester ensemble, l'un d'entre eux devrait ralentir. Pasco s'attendait-il à ce qu'elle travaille moins sans changer ses propres habitudes ? Allait-elle encore devoir sacrifier tout ce qu'elle était pour que cette relation fonctionne ? Oui, elle comprenait bien qu'il était riche, célèbre, et qu'il avait un empire à son nom. Mais cela ne signifiait pas que les ambitions de Pasco avaient plus de valeur que les siennes.

Et combien de temps avant que la rancœur ne monte entre eux ? Avant qu'elle ne commence à compter les heures manquées, les rendez-vous annulés ? Combien de temps avant qu'elle ne désire encore une fois le quitter car elle se sentirait négligée ?

Il n'était toujours pas là. Et il n'avait sûrement pas d'excuse pour son retard. Il ignorait probablement ses appels car il s'était laissé prendre par le temps et le travail. À l'heure qu'il était, il devait s'activer joyeusement en cuisine, au Vane Hotel, à Franschhoek, ou même à Binta. Il n'avait pas rappelé parce qu'il ne voulait pas avoir à gérer sa colère.

Demain, il apparaîtrait sur le pas de sa porte comme une fleur et se confondrait en excuses. Il lui raconterait comment tel ou tel employé l'avait forcé à rester. Il tenterait de la charmer à force de tendresse ou de séduction. Si les mots ne suffisaient pas, il l'embrasserait passionnément, en espérant que le sexe apaise sa mauvaise humeur.

C'était toujours, *toujours* la même chose.

Des larmes de colère lui brûlaient les yeux. Elle crispa la main sur son verre. Elle n'arrivait pas à croire qu'elle avait été si naïve ; qu'elle avait refusé un dîner avec son patron, qu'elle avait couru à travers l'aéroport, qu'elle avait conduit en ville comme une dératée pour ne pas le faire attendre.

Et en retour, royal, il lui avait posé un lapin.

Le message était on ne peut plus clair. Même quand Pasco voulait se concentrer sur leur relation, elle passait après sa carrière. Elle serait toujours la dernière sur la liste de ses priorités. Elle s'était bercée d'illusions si elle avait cru que Pasco avait changé et qu'il était prêt à lui faire une place dans sa vie. Tous les signes étaient là : il lui avait prouvé, encore et encore, qu'il n'avait pas de temps à lui accorder. Elle avait eu un mal fou à trouver des créneaux pour le voir à propos du restaurant de Ro. Quand ils trouvaient enfin un horaire fixe, il annulait sans prévenir. Il lui avait pourtant montré tous ses projets, tous ses établissements ; comment avait-elle pu croire, malgré tout cela, qu'elle pourrait faire partie de sa vie ?

Non. Elle y était seulement invitée, de façon temporaire, lorsqu'il avait du temps à lui accorder. Rien de plus.

C'était un sentiment familier. Sa famille agissait exactement de la même façon. Avec les Shetty, avec Pasco, elle avait toujours été négligée et invisible. Pourquoi continuait-elle de leur offrir son amour ?

Elle en avait assez. Assez d'attendre que Pasco arrive, que

Pasco change, que Pasco la fasse passer avant son travail, que Pasco remue ciel et terre pour être auprès d'elle. Elle méritait son respect. Elle méritait d'être chérie, soutenue, écoutée. Elle en avait terminé avec toute cette comédie.

La vérité, c'était qu'elle aimait Pasco, qu'elle l'aimerait toujours, mais que Pasco ne lui offrait jamais assez en retour. Pas assez d'amour. Pas assez de temps. Pas assez d'égalité au sein de leur couple.

Elle attrapa son sac pour payer la bouteille de vin qu'elle avait commandée pour patienter. Son cœur tomba en chute libre lorsqu'elle vit l'écran de son portable s'allumer sur un numéro inconnu.

Elle retint son souffle et décrocha.

— Aisha ? Désolé, je…

La voix de Pasco grésillait ; en arrière-plan, elle entendait des hommes crier. Était-il dans un bar ? Elle serra les dents. Elle ne le comprenait pas ; le réseau devait être très mauvais. Elle ne capta que quelques bribes : « désolé », encore et encore, et « demain matin ».

Elle resta silencieuse. Elle raccrocha la première et se redressa, les mains tremblantes. Voilà qui concluait bien la soirée. Elle en avait terminé avec Pasco Kildare.

L'incendie au Pasco's de Franschhoek s'était déclaré en fin d'après-midi, peu de temps après que Pasco eut quitté l'établissement pour se préparer avant son rendez-vous avec Aisha. Il fit demi-tour immédiatement. Le feu avait déjà englouti le cottage ancien et ses parquets, ses portes et ses meubles de bois avant que Pasco n'arrive sur les lieux. Les secours mirent du temps à arriver ; sans attendre les pompiers, Pasco, son frère Cam, ses employés et de nombreux habitants de Franschhoek luttèrent contre les flammes avec des seaux d'eau et des tuyaux d'arrosage. En vain.

Les autorités s'interrogeaient sur la vétusté des câbles ou la possibilité d'une poêle laissée sur le feu. Mais Pasco savait qu'il n'en était rien. Il avait fait recâbler tous les bâtiments lorsqu'il avait acheté les lieux, et les protocoles de sécurité avaient été respectés à la lettre en cuisine ; il en était certain, puisqu'il était de service. Non. Pour qu'un incendie aussi rapide et aussi dévastateur se déclare, il fallait un accélérant. Quelqu'un avait intentionnellement mis le feu à Pasco's.

Jason…

Pasco leva les yeux vers la montagne dorée par l'aurore. Après une soirée infernale et une nuit sans dormir, il remontait le long sentier qui menait à la maisonnette d'Aisha. Il avait besoin de ce moment de paix et de silence pour réfléchir. Qu'allait-il bien pouvoir lui dire ? Comment lui présenter ses excuses ? Des heures s'étaient écoulées avant qu'il ne songe à la mettre au courant. Quand il avait vu l'incendie, il s'était entièrement consacré à l'urgence du moment : il n'avait songé qu'à agir, qu'à solutionner. Il avait rassemblé les tuyaux d'arrosage, jeté de l'eau sur les flammes, frappé la végétation avec des couvertures pour étouffer les braises ; il avait aidé les pompiers, rassuré ses employés. Il avait ramené chez eux ceux qui utilisaient les transports en commun. Il n'avait pensé qu'à une chose : le restaurant à sauver. Rien d'autre n'avait d'importance. Sa capacité d'hyperconcentration lui avait souvent servi, car pouvoir se focaliser avec tant d'intensité faisait de lui un chef exceptionnel et un grand perfectionniste… Mais cela faisait aussi de lui un partenaire médiocre.

Ce n'était pas qu'il n'avait pas pensé à elle – bien sûr, qu'il avait pensé à elle, car sa détresse n'aurait pu être apaisée que par son soutien. Mais il avait lutté contre l'envie de la contacter. Dans le feu de l'action (littéralement), il avait décidé qu'elle pouvait attendre et que l'urgence était ailleurs.

C'était stupide. Qu'aurait-il perdu en l'appelant, en lui envoyant un bref message ? Cinq minutes ? Mais non, le besoin de garder un contrôle illusoire sur la catastrophe avait été plus fort que tout. La situation lui avait échappé et, en retour, il avait cherché plus violemment à la maîtriser. Et si quelqu'un avait besoin de lui, et si quelque chose de terrible arrivait ? Il s'était senti incapable de s'écarter, incapable de prendre du recul, même pour une poignée de secondes.

Il n'avait contacté Aisha qu'après 21 heures. Malgré la mauvaise qualité de l'appel, il avait tout de suite perçu sa fureur, à l'autre bout du fil.

Il l'avait déçue… encore une fois.

Il en était malade.

Il toqua à la porte du cottage d'Aisha et attendit sous le porche. Elle lui ouvrit, les cheveux relevés en un chignon vague, vêtue d'un pyjama en flanelle. En le voyant, elle fronça les sourcils.

— Il fait à peine jour, Kildare. Qu'est-ce que tu veux ?

Elle secoua la tête sans le laisser répondre.

— Non, tu sais quoi ? Je ne veux pas savoir ce que tu veux. Va-t'en.

Comme elle ne lui claquait pas la porte au nez pour autant, il la suivit à l'intérieur. Elle ne lui jeta pas un regard. Elle se planta devant la machine à café et maltraita les boutons d'une main furieuse jusqu'à ce que l'eau se mette à bouillir.

Elle avait l'air épuisée.

— Je suis désolé, Aisha.

Pouvait-elle déceler sa sincérité ? Elle refusait de le regarder, et il peinait à exprimer son désarroi.

— Tu sais, tes excuses ne veulent rien dire si tu ne changes pas ton comportement.

La voix d'Aisha était glaciale. Il grimaça. Il allait avoir besoin d'un miracle pour se faire pardonner, cette fois-ci. Il était allé trop loin, il le sentait. Pour l'amour du ciel, pourquoi n'avait-il pas pris cinq petites minutes pour la prévenir ?

Il s'arrêta derrière elle. Elle lui tournait toujours le dos. Il n'osa pas l'enlacer alors qu'elle lui en voulait tant ; mais il inclina la tête, et le parfum de ses cheveux effaça l'odeur de fumée qui le hantait toujours.

— Pasco's a brûlé hier soir, murmura-t-il. L'incendie s'est déclaré vers 17 heures, et nous n'avons pas réussi à le maîtriser avant 20 h 30.

Elle se tourna vers lui, toute proche, les yeux écarquillés.

— Pasco's a brûlé ?

Il frotta son front douloureux.

— Tu ne savais pas ? Les nouvelles vont vite dans la vallée.

— Je ne suis là que depuis deux mois, je n'ai pas assez de contacts pour être tenue au courant, expliqua-t-elle, les yeux emplis de compassion. Je suis désolée, Pasco. Que s'est-il passé ?

Pasco lui raconta le détail de la soirée pendant qu'elle leur servait à tous les deux un café.

— Honnêtement, je pense que c'est Jason qui a mis le feu au restaurant, affirma-t-il en avalant une gorgée de café.

— Jason ? répéta Aisha, choquée. Ton gestionnaire ? Tu crois qu'il a attaqué Pasco's parce que tu l'as licencié ?

— Oui, et parce que j'ai porté plainte contre lui pour fraude. Il est impulsif et colérique. Je le vois bien faire quelque chose d'aussi stupide. Un peu d'alcool, un peu d'encouragements de la part de ses amis…

Il secoua la tête.

— Les autorités pensent que l'incendie a démarré dans le bureau. Il avait encore les clés de cette entrée-là.

Les doigts serrés sur sa tasse, il leva les yeux vers elle.

— J'ai essayé de te rappeler, hier soir, après être rentré chez moi.

Sur place, il avait emprunté le téléphone de son frère pour la prévenir. En rentrant, il avait rechargé son portable, et il avait découvert les messages et les appels en absence d'Aisha en le rallumant.

— Oui. J'ai éteint mon portable en quittant le restaurant, dit Aisha d'un ton neutre. Quand tu m'as appelée, la première fois, je n'ai pas compris qu'il y avait eu un incendie. Le réseau était mauvais, je n'entendais que des cris autour de toi.

Il hocha la tête. Il l'avait blessée, la veille, et elle lui en voulait, c'était très clair. Malgré tout, le regard d'Aisha était plein de commisération. Malgré sa colère, elle était sincèrement désolée pour lui, pour Pasco's.

Il commençait à croire qu'il était loin d'être assez bien pour elle. Il ne pourrait jamais la rendre heureuse. Il était comme son père. Égoïste, rigide et déterminé à avancer coûte que coûte, au risque de briser ceux qui osaient l'accompagner. Oui, il avait été plus prudent financièrement, il avait eu du succès là où son père avait enchaîné les échecs ; mais c'était la seule différence. Soudain, le voile se levait, et il voyait toute la laideur de son égocentrisme.

Son estomac se noua, lourd comme du plomb. Autour de la tasse, ses mains tremblaient légèrement.

Aisha aurait dû être sa priorité, mais il avait prouvé la nuit dernière qu'il était incapable de la faire passer avant ses propres besoins dans les moments difficiles. Il s'était focalisé sur lui-même.

Il n'avait pas le droit de continuer ainsi. Il lui faisait du mal. Il ferma les yeux. Il ne savait pas quoi faire. Il ne pouvait pas partir, et il n'avait pas le droit de rester. Il aurait aimé s'enfouir en elle, se perdre dans la saveur de sa bouche, le parfum de sa peau. Mais c'était impossible. Il ne voulait plus utiliser le sexe pour fuir les problèmes dont il était responsable.

Alors il resta immobile, face à elle, la gorge nouée de larmes, et baissa les yeux. Incapable de reculer, incapable d'avancer. Il n'avait plus qu'à attendre son verdict.

Aisha posa sa tasse. Sa peau était cireuse. La tristesse hantait son visage. Elle inspira profondément ; il retint son souffle, prêt à accuser le coup de grâce.

— Quand nous nous sommes revus, je me suis promis d'édicter des règles et de m'y tenir. Je me suis promis de ne pas succomber à ton charme. De ne pas laisser le passé fausser ma vision du présent ou de l'avenir. Évidemment, je n'ai pas suivi mes propres conseils.

Elle secoua la tête.

— Je ne peux pas continuer comme ça, Pasco.

Depuis hier soir, depuis que l'adrénaline s'était évaporée, il s'y attendait. Aisha était une femme brillante et déterminée. Elle s'était départie de la timidité qui l'avait rendue plus hésitante à dix-neuf ans. Il avait dépassé les limites. Il avait gâché sa chance. L'incendie n'était pas une excuse : il avait agi comme un imbécile depuis qu'ils s'étaient retrouvés. Elle avait raison de mettre un terme à leur relation.

Il l'avait blessée trop souvent. Il avait toujours souhaité la protéger du risque, de la précarité, de la déception. Il était temps de regarder la réalité en face : c'était de lui-même qu'il devait la protéger.

Le regard de Pasco était hanté de douleur. Il avait le visage pâle et les traits tirés. Il était exténué, c'était évident.

Mais Aisha aussi était fatiguée.

Ils s'étaient trop souvent blessés l'un l'autre. Ils s'étaient épuisés à essayer de faire fonctionner une relation vouée à échouer. Il valait mieux abandonner.

Pasco n'avait pas répondu, mais elle voyait la souffrance brûler dans son regard. Il cilla et déglutit. D'une voix tendue, elle reprit la parole :

— Ce dîner avait l'air important pour toi, et il l'était aussi à mes yeux. Mais il faut que tu comprennes. Pour venir, j'ai refusé d'aller à une soirée avec le conseil et le P-DG de mon entreprise. On m'avait personnellement invitée. J'ai dit à ma chef que j'avais rendez-vous avec toi, et elle m'a encouragée à rentrer au Cap à la place. Elle est partisane d'un équilibre sain entre la vie privée et la vie professionnelle.

Le sous-entendu était clair. Pasco grimaça.

— La réunion s'est éternisée et j'ai dû demander à partir en avance pour avoir mon avion. Tu te rends compte de ce que cela veut dire, n'est-ce pas ? Je suis en lice pour une promotion, mais je me suis éclipsée avant la fin et je ne suis pas allée au dîner de réseau qui suivait, alors que tous les décisionnaires étaient présents. Pour toi. Et j'ai passé la soirée à essayer de te contacter. Je t'ai attendu à Michel's pendant une heure.

Elle secoua la tête.

— Je suis sincèrement navrée pour Pasco's. Mais cela ne signifie pas que je ne suis pas en colère contre toi. Je ne vais pas me contenter d'une note sur l'oreiller, cette fois-ci. Je veux être claire. Je jette l'éponge car j'ai enfin compris que les choses ne changeront jamais.

Ses yeux la brûlaient furieusement, mais elle pourrait panser ses blessures lorsqu'elle serait seule. Pour l'instant, elle avait besoin d'exorciser ce qu'elle avait sur le cœur.

— Je sais que je ne serai jamais la priorité dans ta vie. Tu es obsédé par le fantôme de ton père, Pasco. Tu enchaînes les projets parce que tu ne veux pas lui ressembler et cette angoisse prend toute la place.

Un éclat étincela dans les yeux verts de Pasco. Elle crut qu'il allait se défendre ; mais non, il garda le silence, le regard toujours fixé sur elle. Une part d'elle-même aurait voulu qu'il se batte. Qu'il la supplie. Pour la seconde fois, elle allait quitter l'homme de sa vie. Elle *savait* qu'elle avait raison de se protéger, mais la tentation de rester la déchirait.

— Tu sais ce que j'ai compris hier soir ? murmura-t-elle.

— Dis-moi.

Elle inspira profondément pour ravaler ses larmes.

— À trop essayer d'être l'exact opposé de ton père, tu as fini par lui ressembler plus que tu ne veux l'admettre.

Un instant, le visage de Pasco se froissa d'horreur. Elle soutint son regard. Elle ne voulait pas le blesser, mais il avait besoin d'entendre la vérité.

— Tu m'as dit que ton père voulait toujours plus, plus vite, et qu'il faisait ce qu'il voulait quand il voulait sans se préoccuper des gens qu'il risquait de blesser sur son chemin. Et c'est ce que tu fais aussi, Pasco.

Des émotions contraires luttaient dans les yeux de Pasco, mais, plutôt que de l'interrompre, il hocha la tête. Au lieu de la soulager, son accord ne fit que lui briser le cœur.

— Toi aussi, tu cours après le succès, les récompenses, la célébrité, et sur ton chemin tu fais du mal à ceux qui t'aiment. Les gens comme moi. Tu n'as pas commis les mêmes erreurs financières, mais tu commets les mêmes erreurs dans ta vie personnelle. Tu n'es pas un raté, comme ton père, mais tu te comportes avec le même égoïsme. L'argent ne suffit pas pour protéger tes proches. L'argent ne suffira jamais pour me garder, moi.

Pasco était immobile, crispé. Il était si pâle que ses yeux brûlaient comme des émeraudes dans son visage hagard.

— Pasco ! s'exclama-t-elle. Pitié, dis quelque chose.

Supplie-moi de rester, dis-moi que tu m'aimes, persuade-moi que tu en vaux la peine !

Il ouvrit la bouche mais la referma aussitôt. Il inspira profondément. Lorsqu'il prit enfin la parole, la sentence tomba comme un couperet :

— Tu as raison.

— C'est tout ce que tu as à dire ?

Il haussa les épaules. Soudain, le chagrin d'Aisha se mut en fureur. Elle aurait voulu hurler jusqu'à ce qu'il avoue enfin ce qu'il avait sur le cœur. Elle voulait qu'il parle, qu'il communique, elle voulait qu'il se défende ! Elle soutint son regard, trop longtemps, décidée à ne pas ciller. Mais Pasco ne parlait pas. Pasco ne parlait *toujours* pas.

— J'étais faible, avant, Pasco, reprit-elle d'une voix plus dure. Mais plus maintenant. Je n'ai pas besoin de ton succès. Je ne suis pas impressionnée par ton statut. J'ai ma propre carrière. Je t'aime, je t'aime de tout mon être, mais je ne peux pas être avec toi à cause de *toi*. Tu ne me donnes pas ce dont j'ai besoin. J'ai besoin que tu sois présent. J'ai besoin que tu me voies.

— Je te vois, Aisha.

Sa voix était rauque d'émotion, mais il était trop tard. Sa réponse ne suffisait pas.

— Non. Tu ne me vois pas comme une égale. Je ne suis pas assez importante dans ta vie pour passer avant ton besoin de prouver à tous que tu vaux mieux que ton père. On m'a laissée pour compte toute ma vie. Je ne le tolérerai plus, et surtout pas de l'homme que j'aime. Je refuse de vivre en marge de ta vie et que tu m'y invites seulement quand tu en as envie.

Elle détourna le regard la première.

— Ma patronne m'a proposé d'envoyer quelqu'un pour m'aider à monter le restaurant. Je vais accepter son offre. À partir de la semaine prochaine, tu travailleras avec ma collègue.

Il secoua la tête, et pendant un instant elle crut qu'il allait tendre la main, lui caresser la joue, tenter de l'attirer dans ses bras. Peut-être était-ce ce qu'elle voulait, en secret… Mais non. Il crispa les poings et ne la toucha pas.

— Je suis navré, Aisha, souffla-t-il, et sa voix se brisa. Vraiment, vraiment navré.

Le sanglot qu'elle avait retenu jusque-là passa la barrière ses lèvres, et elle se détourna précipitamment. D'un geste vif, elle balaya ses excuses.

— Va-t'en, Pasco.

Une interminable semaine plus tard, Pasco avait toujours l'esprit embrumé de souffrance. Il était planté dans l'entrée de l'immense entrepôt new-yorkais que Hank voulait convertir en restaurant. Hank monologuait avec enthousiasme – sur l'organisation de l'espace, la popularité du concept, la scène gastronomique et les changements impulsés par le covid. Pasco n'entendait qu'un mot sur cinq. Depuis des jours, il n'écoutait plus rien, ne pensait à rien d'autre… qu'à Aisha.

« Toi aussi, tu cours après le succès, les récompenses, la célébrité, et sur ton chemin tu fais du mal à ceux qui t'aiment. »

Elle avait raison. Alors pourquoi était-il ici ? Il ne voulait pas vivre à New York. Il ne voulait plus travailler des centaines d'heures par semaine, faire la une des journaux, mesurer la valeur de sa vie à l'aune de sa célébrité.

Sois honnête avec toi-même, Kildare.

Manhattan était sa seule issue parce que rester au Cap était trop douloureux. Vivre dans le même périmètre qu'Aisha était une torture. En allant à New York et en écoutant les projets de Hank, il avait espéré se distraire de sa souffrance.

Aisha lui manquait tellement. Il avait l'impression d'avoir perdu un bras, une jambe. Lors de leur dernière séparation, il avait noyé sa peine dans le travail et construit son empire. Cette fois-ci, même sa carrière ne parvenait pas à l'apaiser.

— Je ne rigole pas, Pasco. On peut se faire une fortune ici.

Pasco releva les yeux vers Hank. Il avait *déjà* une fortune, et c'était sans compter les économies qu'il avait mises de côté pour sa famille. Il avait des propriétés à New York, à Londres, en Grèce et en Afrique du Sud. Les restaurants, la ligne d'accessoires, les droits de sa série télé et même les intérêts de ses comptes en banque assuraient un revenu constant et extravagant. Quant à Hank, il était milliardaire. Il vivait dans un immense appartement avec vue sur Central Park, jonglait toujours avec dix projets d'investissement à la fois, mangeait dans les meilleurs restaurants de la ville tous les jours, avait une collection importante de Rolex, et changeait de petite amie comme de chemise.

— Pourquoi tu ne t'es jamais marié, Hank ? s'enquit-il soudain.

Hank fronça les sourcils, perplexe.

— Trop de complications et pas assez de temps, finit-il par répondre. J'aime mon travail plus que j'ai jamais aimé une femme. Nous sommes pareils, toi et moi.

Pasco retint une grimace. Était-il vraiment comme Hank ? Il adorait son travail, mais…

Il aimait Aisha plus que tout. Sans elle, rien de tout cela n'avait d'importance. C'était elle qui avait manqué à sa vie, pendant toutes ces années. Elle qui avait laissé un gouffre impossible à combler. Il le comprenait, maintenant. Il avait travaillé d'arrache-pied sans jamais trouver satisfaction, parce qu'il était uniquement en quête d'Aisha. Elle le complétait. S'il devait choisir entre elle et son travail, il n'hésiterait plus.

Malheureusement, il avait mis des mois, des années à le comprendre, et avait fait trop d'erreurs entre-temps.

Il secoua la tête.

— Désolé, Hank, mais ce projet n'est pas pour moi.

— Oh ? Alors qu'est-ce que tu as envie d'ouvrir ?

Il n'en savait rien. Peut-être désirait-il vraiment le petit restaurant de ses rêves, avec des plats simples, une serre, un potager et du très bon vin. Mais la seule chose qui comptait, c'était qu'il ne voulait pas vivre à douze heures de vol d'Aisha. Ce dont il avait *vraiment* envie, c'était passer une bague à son annulaire, avoir des enfants avec elle. Continuer de cuisiner, mais déléguer dans ses restaurants, ralentir, prendre le temps. Et, tous les jours, rentrer à la maison et revenir à Aisha. Il voulait faire sa vie pour elle, être à ses côtés, la soutenir, la *voir* comme elle voulait qu'il la voie.

Il lui donnerait tout. Perdre Aisha lui avait montré que le contrôle avec lequel il s'était protégé toute sa vie n'avait aucun intérêt. Il ne serait heureux qu'avec elle, à construire une existence main dans la main. Quoi qu'elle veuille, il accepterait sans hésiter, du moment qu'elle vivait heureuse et épanouie avec lui.

Il fallait qu'il lui parle. Convaincre Aisha qu'ils étaient faits l'un pour l'autre serait le plus grand et le plus important défi de sa vie, mais il était prêt à tenir ses promesses.

— J'ai envie de rentrer chez moi, Hank, dit-il dans un sourire. De prendre un verre avec ma femme en regardant le soleil se coucher sur la montagne. J'en ai fini avec New York.

Son téléphone se mit à vibrer dans sa poche, et il s'excusa auprès de Hank pour prendre l'appel de Muzi.

Le visage animé de Muzi apparut sur l'écran. Comme toujours quand il était dominé par l'émotion, son ami se mit à parler en xhosa :

— Ro va accoucher ! Je vais être papa !

Le cœur de Pasco bondit dans sa poitrine. Qu'est-ce qu'il fichait ici, à l'autre bout du monde, alors que ses meilleurs amis étaient à deux doigts de devenir parents ?

— Oh ! Muzi ! Je suis tellement heureux pour toi, répondit-il dans son xhosa rouillé.

En entendant son terrible accent, Muzi rit et reprit en anglais :

— Elle dit que c'est sûrement une fausse alerte, des contractions de Braxton – quelque chose, mais je sais que c'est le moment. Je vais être papa, Pasco !

Pasco rit avec lui. C'était la première fois cette semaine qu'il trouvait une raison de sourire. Il hocha la tête, déterminé.

— Je vais sauter dans le premier avion. Envoie-moi une photo dès que les jumeaux sont là, d'accord ? J'arrive dès que possible.

— D'accord, d'accord.

Muzi posa une main sur son cœur.

— Je ne sais pas si je suis prêt, Pas.

Pasco fit un signe d'au revoir à Hank et sortit dans la rue ensoleillée.

— Tu es plus que prêt, mon frère. Courage. Tiens-moi au courant. Je serai bientôt là pour te prêter main-forte.

— Merci. Les autres arrivent aussi, mais j'ai besoin…

Il avait besoin de son meilleur ami. Et c'était réciproque. Pasco héla un taxi et sauta sur la banquette arrière. Il était temps de rentrer chez lui, d'épauler Muzi, de rencontrer ses jumeaux… Et surtout de retrouver Aisha et de l'aimer jusqu'à la fin de ses jours.

12.

Le lendemain, dans son cottage, Aisha sortit une bouteille de vin du frigo et la pressa contre son front. La bouteille était presque vide… tout comme le frigo. De toute façon, elle n'avait pas la motivation de cuisiner. Elle aurait tué pour des frites bien graisseuses et une tablette de chocolat.

Manger pour oublier son chagrin : la stratégie parfaite.

Elle embarqua la bouteille avec elle et se pelotonna sur son sofa avec son portable pour faire défiler son feed Instagram. Un de ses neveux venait de gagner un championnat d'échecs ; Hema présentait sa recherche lors d'une conférence en Allemagne ; Reyka avait posté une superbe photo d'elle et de son mari en vacances.

Et, pour la première fois depuis longtemps, voir les succès de sa famille ne l'intimidait pas. Elle ne ressentait plus le besoin malsain de juger sa vie par rapport à celle de ses sœurs. Elle avait une carrière géniale, elle travaillait dur, elle était appréciée à sa juste valeur par sa patronne. Elle décrocherait sûrement sa promotion. Elle allait avoir trente ans et elle n'était pas mariée, mais qu'importe ! Se marier n'était pas un succès en soi, et elle était heureuse célibataire.

Après avoir confronté sa mère au téléphone, elle avait dîné chez ses parents la semaine dernière. Le repas avait été tendu et malaisé, mais ils avaient essayé de communiquer au mieux, et elle appréciait leurs efforts. S'ils continuaient ainsi tous les trois, chaque rencontre serait plus facile. Avec le temps, elle parviendrait peut-être même à créer des liens avec ses sœurs. Elle ne serait jamais aussi cultivée qu'elles, mais elle n'en était plus attristée. Elle était Aisha, et sa perspective aussi avait de l'importance.

Sa relation avec Reyka n'était pas réparable, et c'était mieux comme cela. Elle serait polie avec elle pendant les réunions familiales et ne chercherait pas plus loin.

Sur Instagram, elle s'arrêta sur une nouvelle publication des Miya-Matthews. Ro était assise sur un lit d'hôpital, le visage pâle et fatigué, mais illuminé de joie. Son sourire était plus radieux qu'un soleil d'été. Sur chaque bras, elle avait un bébé emmailloté de bleu. Aisha fit glisser les photos. Sur l'une d'entre elles, Muzi embrassait le front de Ro avec ferveur. Sur une autre, il portait ses petits garçons en riant. Il y avait aussi des photos d'amis. Elle reconnut les Tempest-Vane… Et personne d'autre. Où était Pasco ? Muzi était son plus vieil ami. Il n'aurait jamais manqué la naissance des jumeaux…

Elle secoua la tête. Inutile de s'inquiéter pour rien. Elle était certaine que Pasco allait très bien. Il était simplement absent au moment des photos.

Elle zooma sur les bébés et sourit, une main sur le cœur. Ils avaient les boucles brunes et les grands yeux de leur père. Elle était si heureuse pour Ro, pour Muzi. Si heureuse pour le clan qu'elle voyait sur les images, tous ces visages éclairés de bonheur. Elle aurait aimé les connaître mieux. Faire partie d'une tribu comme la leur – une famille, liée par les affinités et le soutien plutôt que par le sang. Une communauté.

Elle avait hâte de trouver sa place et de rester dans un endroit assez longtemps pour se faire de vrais amis. Elle n'espérait pas revivre un jour une histoire amour aussi intense qu'avec Pasco, non… Mais peut-être rencontrerait-elle un homme dont elle apprécierait la compagnie.

À l'idée de vivre sa vie sans Pasco, à l'idée d'être avec qui que ce soit d'autre que Pasco, son cœur se souleva. Mais le temps finirait par panser ses blessures, n'est-ce pas ?

Elle n'avait plus qu'à attendre que ses larmes se tarissent, que le soleil revienne dans sa vie. Que sa douleur lancinante s'apaise.

Des coups discrets à la porte l'arrachèrent à ses pensées. Sa nouvelle collègue, venue pour l'aider à monter le restaurant, avait mentionné qu'elle passerait peut-être prendre un verre dans la soirée. Ravie d'avoir une distraction, Aisha abandonna son portable sur le canapé et se dépêcha d'aller ouvrir.

Mais c'était Pasco qui l'attendait sur le pas de la porte.

Il était là, devant elle. Ses beaux yeux vert forêt l'accrochèrent, plus intenses que jamais.

— Tu… n'es pas à l'hôpital, murmura-t-elle.

— Non. Quand je suis rentré de New York, je suis allé directement à l'hôpital pour rencontrer les jumeaux, puis je suis tout de suite venu ici.

— Pourquoi ? Tous les gens que tu aimes sont là-bas.

— Sauf la personne que j'aime le plus au monde.

Que pouvait-elle répondre à cela ? Son cœur battait trop fort. Pasco leva les yeux vers le ciel nuageux.

— Il fait froid. Je peux entrer ?

Elle hocha la tête et s'écarta pour le laisser passer. Elle s'arrêta dans le couloir, l'esprit embrumé par le choc. Pasco retira sa veste en cuir et ferma la porte d'un petit coup de talon. Les yeux plongés dans les siens, il la scruta un long moment en silence. Finalement, son pouce trouva sa joue en une caresse si tendre qu'elle manqua de fondre en larmes.

— Bonsoir, murmura-t-il.

— Bonsoir, souffla-t-elle.

Elle se détourna la première et reprit sa place sur le canapé. Elle attrapa un des gros coussins pour le serrer contre elle. Pasco s'assit sur une chaise, juste en face, et se pencha en avant, les yeux dans les siens.

— Pourquoi étais-tu à New York ?

— Un de mes investisseurs voulait me faire visiter un espace pour monter un nouveau restaurant.

Le cœur d'Aisha s'arrêta net. Son sang se glaça dans ses veines. Elle raffermit son étreinte autour du coussin. Pasco… Pasco repartait aux États-Unis. À douze heures de vol. Jamais, jamais ils ne pourraient se retrouver.

Avait-elle eu l'espoir, au plus profond d'elle-même, que leur rupture ne soit pas aussi définitive qu'elle se l'était promis ? Elle était incorrigible…

— Oh ! articula-t-elle d'une voix blanche. Intéressant.

— Ce n'est pas pour moi. Je ne veux pas vivre là-bas. Un autre restaurant serait juste un autre succès sans valeur, pas vrai ?

Il se força à sourire, mais elle devinait sur son visage l'ombre de sa nervosité. Elle ne l'avait jamais vu ainsi : hésitant. Incertain. Que se passait-il ?

— Tu avais raison, Aisha. J'ai passé ma vie à essayer de prouver que je n'étais pas comme mon père et à marcher dans son sillage sans m'en rendre compte.

Il soutenait son regard, la voix vibrante d'émotion

— Tu sais, je lui ressemble comme deux gouttes d'eau. Ça me torturait, quand j'étais gamin. Mais je peux te promettre une chose : je ne suis *pas* comme lui. Et je refuse de le devenir.

Aisha hocha la tête. Non, il n'était pas comme son père, pas vraiment. Oh ! ils avaient des points communs, bien sûr, mais Pasco était un homme bien. Un homme bon. Un homme exceptionnel. Il donnait tout de lui-même et il était d'une générosité sans faille. Elle lui avait fait tant de reproches sous le coup de la colère, mais la comparaison était injuste. Pasco oubliait souvent le monde extérieur, c'était vrai, mais ses intentions n'étaient jamais fondées sur l'égoïsme.

— Je veux juste être avec toi, Aisha. Je te promets que je serai un bon partenaire. Je te donnerai les papiers de mes comptes en banque pour que nous prenions toutes les décisions à deux. Je changerai les couches et je cuisinerai. Et nous nous disputerons, évidemment, mais je te jure que je t'écouterai, et que je respecterai toujours, *toujours* ta perspective. Que je te respecterai, toi.

Il parlait à toute vitesse, fébrile. Il se pencha en avant pour prendre sa main dans les siennes.

— Je vais déménager. Je vais laisser la gestion de Pasco's au Vane Hotel à mon chef de cuisine, et je ne ferai pas reconstruire le Pasco's de Franschhoek. Si tu as ta promotion, je te suivrai à Londres ou à Johannesbourg. Si tu n'as pas ta promotion… J'irai où tu iras.

Aisha retint son souffle et serra sa main plus fort.

— Qu'est-ce que tu veux dire, Pasco ? Tu proposes d'abandonner ta carrière… pour moi ?

Pasco hocha la tête.

— Je ne dis pas que ce sera facile ou que je serai toujours de bonne humeur, mais si c'est ce dont tu as besoin… Oui.

— Mais pourquoi, Pasco ?

Pasco fronça les sourcils, peiné. Il semblait la supplier de le comprendre.

— Parce que ta carrière est importante pour toi. Tu as travaillé dur pour arriver jusque-là, et tu adores ce que tu fais. C'est toi, ma priorité. Je veux protéger ton bonheur. Tu es la personne la plus importante de ma vie ; non, tu *es* ma vie.

Le monde s'arrêta un instant. La promesse qu'elle avait toujours rêvé d'entendre avait passé les lèvres de Pasco, et c'était plus tendre, plus sexy, plus incroyable qu'elle ne l'avait imaginé. Elle voulait jeter ses bras autour de sa nuque, l'embrasser à perdre haleine, goûter la saveur de sa bouche sublime, caresser sa peau, mais…

Reprends-toi, Shetty. Tu es une adulte. Communique d'abord, et amuse-toi ensuite.

— Aisha ?

Elle baissa les yeux la première. Elle ne savait pas comment exprimer ce qu'elle ressentait. Après quelques secondes de réflexion, elle répondit enfin :

— Je n'ai pas besoin que tu abandonnes tes projets pour moi, Pasco. Ce n'est pas ce que je te demande. Ce serait complètement irrespectueux de ma part. Non, je voulais simplement savoir que j'étais aussi importante que ta carrière. Que j'aurais droit à ton temps, à ton attention.

Pasco lui caressa la joue, les yeux dans les siens, et Aisha sourit. Devinait-elle un éclat de soulagement dans ses prunelles ? Si Pasco ne travaillait pas, ils deviendraient vite fous, tous les deux. Elle aimait son ambition, son dynamisme. Jamais elle n'aurait voulu le rendre malheureux en lui refusant d'exercer sa passion.

— Je te promets que tu ne douteras plus jamais de la place que tu as dans ma vie. Ni de moi.

Il se redressa pour la rejoindre sur le canapé, mais Aisha leva une main pour l'arrêter. Il se rassit avec un grognement faussement désespéré.

— Aisha… Est-ce qu'on peut fêter notre réunion comme il se doit ?

— Pas tout de suite, répondit-elle en riant. J'ai encore une chose à dire.

Pasco se redressa et inspira profondément, comme pour se préparer avant l'offensive.

— Je suis prêt.

— Quand tu es arrivé, tu m'as dit que tu m'aimais. Est-ce que c'est vrai ?

— Bien sûr.

Deux mots. Si simples, si puissants. Aisha tenta de ravaler ses larmes.

— Je t'aime aussi, Pasco.

Il se jeta sur elle, mais elle éclata de rire dans le cercle de ses bras et tint son beau visage à distance en poussant ses épaules.

— Encore deux minutes !

— Deux minutes, pas une de plus. Parle vite.

— Si j'ai ma promotion, j'ai décidé d'emménager au Cap. Je ne veux pas arrêter de travailler, ni que tu t'arrêtes. Il faudra que nous fassions tous les deux des compromis sur notre emploi du temps.

— Pas de problème. J'ai envie de ralentir, de toute façon. D'explorer des options plus paisibles. J'ai envie de profiter de la vie et d'être avec toi.

C'était la plus belle déclaration qui soit.

— Mais nous avons besoin de règles…, ajouta-t-il.

Elle rit doucement.

— Nous avons déjà prouvé que nous ne sommes pas très doués pour respecter les règles…

— Toi, peut-être, mais je suis infaillible si c'est moi qui les mets en place.

Il se pencha vers elle et murmura, tout proche :

— Une seule chose. Notre couple et nos enfants seront toujours notre priorité, avant le travail, avant quoi que ce soit d'autre. C'est ma règle. Elle est non négociable.

— Je suis parfaitement d'accord.

— Et nous prendrons toutes les décisions importantes ensemble.

— Absolument, répondit-elle, radieuse.

Il jeta un œil à sa montre.

— Nous avons encore une minute et dix secondes, dit-il avec ce sourire si lumineux qui la faisait fondre. Tu as encore des points à aborder, ou je peux commencer à te déshabiller ?

Oh… Il y avait encore une chose, une toute petite chose…

Elle était avec l'homme de sa vie, l'homme qui l'aimait, l'homme qui venait de lui prouver qu'il la voyait réellement. Il était extraordinaire – pas parfait, non, mais la perfection était ennuyeuse, et elle était loin d'être parfaite elle-même. Il était extraordinaire parce qu'il était parfait pour elle. Alors…

Elle l'enlaça lentement, les yeux dans les siens.

— Est-ce que tu veux m'épouser une deuxième fois, Pasco ? Promettre de m'aimer tous les jours ? D'avoir des enfants avec moi ? De te confier à moi, de me consulter, de me tenir tête, de passer ta vie avec moi ? De me soutenir quand je me sentirai trop faible, et de m'envoyer promener quand je serai insupportable ?

— Tu n'es jamais insupportable, souffla-t-il.

Aisha frémit, bouleversée par son regard adorateur.

— Ça ne veut pas dire oui, dit-elle avec un rire tremblant. Je suis désolée… Je vais peut-être trop vite…

Pasco glissa ses doigts sous son menton.

— Regarde-moi, chérie.

Leurs regards se trouvèrent de nouveau, et les yeux de Pasco étaient si fervents que les larmes, de nouveau, lui nouèrent la gorge.

— Oui, je veux t'épouser. Et passer ma vie avec toi, te faire des bébés, te soutenir, te consulter, te tenir tête… Et bien plus encore.

Elle reprit son souffle. Il pressa son front contre le sien.

— Ne gardons pas notre mariage secret, cette fois-ci, d'accord ? chuchota-t-elle.

— Tu as raison.

Il s'écarta et sortit son portable.

— Qu'est-ce que tu fais ? Et nos deux minutes ?

Il leva un doigt pour l'exhorter à la patience, prit une photo d'elle, puis tapa quelques phrases sur son clavier. Il lui tendit ensuite le téléphone. Sur l'écran, elle se vit d'abord elle-même, souriante, les cheveux ébouriffés et le regard brillant de bonheur. Il avait envoyé la photo dans la conversation qu'il partageait avec sa famille et ses amis. Dessous, une série de messages servait de légende.

Voici ma fiancée. Nous allons nous marier… Encore une fois. Vous êtes tous invités.

Il lui reprit le téléphone et tapa de nouveau quelques mots avant d'envoyer valser son portable sur le canapé. Avant qu'il ne la soulève dans ses bras, avant que sa bouche ne capture la sienne entre le rire et le baiser, elle aperçut son dernier message :

Je l'aime follement. Je répondrai à vos questions plus tard. Dans quelques jours. Ne me dérangez pas avant !

Vous aimez Joss Wood ?
Retrouvez en numérique la trilogie
« Scandale en Afrique » :

1. *Le baiser du Cap*
2. *La conquête d'un play-boy*
3. *L'héritière d'un scandale*

Retrouvez prochainement,
dans votre collection

AZUR

Le secret d'Amalia, de Jackie Ashenden - N°4543
Dans la cathédrale royale, tout le monde retient son souffle, tandis que le prince Rafael interrompt les noces d'Amalia De Vita. Lui qui déteste le scandale n'a pas eu le choix : comment pourrait-il laisser la belle héritière épouser son frère, alors qu'elle est enceinte de lui ? Soucieux de voir son enfant bénéficier d'une naissance légitime dont lui-même a été privé, Rafael exige d'Amalia qu'elle l'épouse…

Liaison sur un yacht, de Cathy Williams - N°4544
Parce qu'il a besoin de toute urgence d'une nounou pour sa fille de six ans, Niccolo Ferri engage Sophie Baxter, qui les accompagnera lors d'un voyage d'affaires à bord de son yacht. Mais, alors qu'il devrait être concentré sur son travail et son enfant, Niccolo voit ses pensées tournées vers sa jolie employée. Au point que, bientôt, il entame avec elle une liaison passionnée et délicieusement interdite…

Le play-boy de Miami, de Dani Collins - N°4545
Après avoir dénoncé les agissements de financiers crapuleux, Bianca est contrainte de fuir à Miami. Sur place, elle est embauchée comme gouvernante d'une luxueuse demeure inhabitée. Quelle n'est pas sa surprise de découvrir que son patron n'est autre qu'Everett Drake, le play-boy avec lequel elle a passé une nuit inoubliable six mois plus tôt ! L'homme, soucieux de la protéger, lui propose alors de jouer, aux yeux de tous, le rôle de son épouse…

La belle et le solitaire, de Donna Alward - N°4546
Voilà des mois que Jessica, en manque d'inspiration, ne parvient plus à dessiner. Mais soudain, alors qu'elle se trouve au bord d'une falaise de Nouvelle-Écosse, elle aperçoit un phare malmené par les vagues qui la bouleverse. Gagnée par une vive émotion, elle est hélas priée de quitter les lieux par le propriétaire, un rustre qui n'est autre que Branson Black. Le célèbre écrivain, marqué par un drame, vit désormais dans la plus grande solitude. Une solitude que Jessica a soudain envie de briser…

Révélation aux Fidji, de Natalie Anderson - N°4547

Après que leur fabuleuse nuit d'amour s'est soldée par un désastre, Carrie n'imaginait pas revoir Massimo Donati-Wells. Quel choc pour elle de le retrouver, peu après avoir mis au monde… leur fille ! Alors qu'il lui propose de s'installer avec lui, sur son île privée des Fidji, Carrie hésite. Certes, elle souhaite le meilleur pour son enfant, mais pas question pour autant de renoncer à l'amour. Massimo est-il seulement capable de le lui offrir ?

Le prince de Noël, de Therese Beharrie - N°4548

Maman célibataire, Amari a besoin d'aide pour faire tourner sa boutique à l'approche de Noël. Aussi, lorsqu'un prénommé Kade se présente pour le poste, l'embauche-t-elle, tout en se demandant pourquoi un homme comme lui s'est installé dans la petite ville de Swell Valley. Grand, charismatique et auréolé de pouvoir, Kade n'a pas le profil du commerçant. Et pour cause, c'est un prince !

Le baiser d'un patron, de Susan Meier - N°4549

Noël sera bientôt là… et Erin s'apprête à le passer avec son patron ! Hugo Harrington lui a en effet demandé son aide pour la rénovation d'un hôtel à Londres, et il lui est impossible de se dérober. Le veut-elle seulement alors que Hugo fait battre son cœur si fort ? À mesure qu'ils se rapprochent tous deux, Erin découvre un homme plus sensible qu'il n'y paraît, aux prises avec les souvenirs de son passé. Un homme qui la bouleverse d'un seul baiser échangé sous la neige…

Les héritiers de Grey Manor, d'Elisa Marshall - N°4550

SÉRIE : *LES MILLIARDAIRES DE GREY MANOR* - 3/3

Il est son héros, l'homme de ses rêves… Jamais Kate n'a oublié Harrison Fox, qui l'a sauvée d'un incendie au péril de sa vie une dizaine d'années plus tôt. Or voilà que le testament de son père les réunit enfin, en les désignant tous deux comme les héritiers de Grey Manor ! Si leurs retrouvailles se font sous le signe du désir, Kate sait qu'elle n'a aucune chance de gagner le cœur du ténébreux homme d'affaires. Pour Harrison, en effet, elle restera éternellement la fille de son plus grand ennemi…

Séduisantes rumeurs, de Louise Fuller - N°4551

SÉRIE : *NOËL AVEC UN HOMME D'AFFAIRES* - 2/2

« Pas de gros titres. Pas de scandale. Pas de photos compromettantes. » Voilà qui représente un véritable défi pour Louis Albermarle, duc d'Astbury. Play-boy réputé pour ses frasques, il est aujourd'hui appelé à se montrer responsable par les actionnaires de son entreprise. Hélas, quand un cliché volé le dévoile en compagnie de Santina Somerville, une célèbre patineuse artistique, le voilà contraint de mettre fin aux rumeurs en proposant à la belle de l'épouser…

Le maître du *palazzo*, de Kim Lawrence - N°4552

Soren n'a qu'un but : se venger de l'homme qui a détruit son père. Or voilà que dans cette quête impitoyable il entraîne la petite-fille de son rival dans une tourmente médiatique et scandaleuse… Pour protéger la belle Anna qu'il sait innocente, il l'emmène chez lui dans son *palazzo* sicilien, tout en se jurant de la tenir à distance. Impossible : l'alchimie entre eux est si vive que Soren séduit Anna, sans lui révéler d'abord que leurs familles sont rivales…

Princesse et rebelle, de Michelle Smart - N°4553

Toute sa vie, Catalina a joué son rôle de princesse à la perfection, bridant ses envies et ses désirs pour plaire à chacun. Pourtant, il a suffi qu'elle s'abandonne une seule et unique nuit entre les bras de Nathaniel Giroud pour que ses efforts soient balayés et que sa vie bascule définitivement. Car aujourd'hui la voilà enceinte et en fuite, prête à tout pour protéger son enfant à naître. À tout, même à s'opposer à l'impitoyable et irrésistible milliardaire qui est à sa recherche…

VOTRE COLLECTION PRÉFÉRÉE DIRECTEMENT CHEZ VOUS

Vous souhaitez découvrir nos collections ? Une fois votre colis de bienvenue reçu, si vous souhaitez continuer à recevoir nos livres, cela se fera automatiquement. Vous n'avez aucune obligation d'achat et cette offre est sans engagement de durée !

Dans votre 1er colis, 2 livres au prix d'un + 1 cadeau

☛ COCHEZ la collection choisie et renvoyez cette page au
Service Lectrices Harlequin – CS 20008 – 59718 Lille Cedex 9 – France

Collections	Prix 1er colis	Réf.	Prix abonnement (frais de port compris)
❑ **AZUR**	4,75€	AZ1406	6 livres par mois 31,49€
❑ **BLANCHE**	7,30€	BL1603	3 livres par mois 24,85€
❑ **HISTORIQUES**	7,30€	LH1202	2 livres par mois 17,49€
❑ **PASSIONS**	7,80€	PS0903	3 livres par mois 26,49€
❑ **BLACK ROSE**	7,90€	BR0013	3 livres par mois 26,79€
❑ **HARMONY***	5,99€	HA0513	3 livres par mois 20,76€
❑ **NORA ROBERTS***	8,90€	NR2402	2 livres tous les 2 mois, prix variable**
❑ **SAGAS***	7,99€	SG2303	3 livres tous les 2 mois 29,46€
❑ **VICTORIA**	7,80€	VI2115	5 livres tous les 2 mois 42,09€
❑ **GENTLEMEN***	7,50€	GT2022	2 livres tous les 2 mois 17,95€
❑ **HORS-SÉRIE***	7,70€	HS2812	2 livres tous les 2 mois 18,45€

*livres réédités / **entre 17,95€ et 18,75€ suivant le prix des livres

F22PDFM

N° d'abonnée Harlequin (si vous en avez un) ⊔⊔⊔⊔⊔⊔⊔⊔⊔

Mme ❑ Mlle ❑ Nom : ____________________

Prénom : ____________________ Adresse : ____________________

____

Code Postal : ⊔⊔⊔⊔⊔ Ville : ____________________

Pays : ____________________ Tél. : ⊔⊔⊔⊔⊔⊔⊔⊔⊔⊔

E-mail : ____________________

Date de naissance : ____________________

Date limite : 31 décembre 2022. Vous recevrez votre colis environ 20 jours après réception de ce bon. Offre soumise à acceptation et réservée aux personnes majeures, résidant en France métropolitaine, dans la limite des stocks disponibles. Prix susceptibles de modification en cours d'année. Vous pouvez demander à accéder à vos données personnelles, à les rectifier ou à les effacer. Il vous suffit de nous écrire en nous indiquant vos nom, prénom et adresse à : Service Lectrices Harlequin CS 20008 59718 LILLE Cedex 9. Service Lectrices disponible du lundi au vendredi de 9h à 17h : 01 45 82 47 47.